A E
& I

Antes que llegue la luz

Autores Españoles e Iberoamericanos

Mayra Santos-Febres

Antes que llegue la luz

© 2021, Mayra Santos Febres
c/o Indent Literary Agency
www.indentagency.com

Diseño de colección: © Compañía
Diseño de portada: © Estudio Peri
Fotografía de portada: iStock
Fotografía de contraportada: ©José Arturo Ballester Panelli
Fotografía de la autora: ©José Arturo Ballester Panelli

Derechos reservados

© 2021, Editorial Planeta Mexicana, S.A. de C.V.
Bajo el sello editorial PLANETA M.R.
Avenida Presidente Masarik núm. 111,
Piso 2, Polanco V Sección, Miguel Hidalgo
C.P. 11560, Ciudad de México
www.planetadelibros.com.mx

Primera edición en formato epub: mayo de 2021
ISBN: 978-607-07-7556-7

Primera edición impresa en México: mayo de 2021
ISBN: 978-607-07-7565-9

Impreso en los talleres de Impregráfica Digital, S.A. de C.V.
Av. Coyoacán 100-D, Valle Norte, Benito Juárez
Ciudad De Mexico, C.P. 03103
Impreso y hecho en México –*Printed and made in Mexico*

PRIMERA PARTE

Los detalles

Calor todo el tiempo. Calor con brisa. Calor sin brisa. Todo el tiempo se suda. En mi barrio se oyen gritos. Nunca antes había escuchado tantos. Aquí la gente pelea, se insulta y muere con decoro; es decir, en silencio; es decir, a murmullos a través de un celular o con abogados de por medio. Ahora llaman a Sheila. ¿Quién es Sheila? Una Sheila vive por aquí.

El camión de la basura no pasa. Después de que amainaron las lluvias, salimos todos a recoger las ramas, los postes, los plafones, los árboles muertos que bloqueaban paso. Pero ni se asoma el camión de la basura.

Espera. Todo este destrozo no cabe en un camión de basura. Tendrán que enviar camiones de carga. ¿Dónde están los camioneros? ¿Habrán sobrevivido al vendaval? Alguno sí. ¿Habrá paso para que lleguen hasta la cuidad? No debe haber. Si los árboles «ornamentales» de la cuidad se vinieron abajo, el campo debe ser destrozo puro. Árboles ornamentales. Vives en una isla caribeña con una cuidad de embuste y árboles ornamentales que trasplantaron de no sé dónde para engalanar sus alamedas. Almácigos, robles amarillos, árboles de raíces finas, que no rompen las aceras. Quizás por eso se cayeron tantos. En los campos deben haberse caído más. No es cuestión de fuerza de raíces, sino de densidad arbórea, además allá en el interior los vientos debieron haber azotado fuerte. Déjame ver si hoy agarra señal el celular y encuentro alguna noticia de cómo están las cosas por el campo.

9

Los camioneros viven todos en el interior. A las afueras de la ciudad. Los conozco. Crecí con ellos. Con albañiles, electricistas, vendedores, contratistas, maestros de obra. Recuerda que eres de origen orillero. Soy una orillera con doctorado, para lo que me sirve ahora.

No debe haber paso. Esos escombros se quedarán ahí, a las orillas de las carreteras a donde los vecinos logramos empujarlos a fuerza de machete y rastrillo por un buen rato.

Tampoco debe haber paso para el camión de la gasolina. En la gasolinera de la calle de atrás hay una fila desde las cuatro de la mañana, que no se mueve. Está fuerte la fila. Suerte que llené el tanque cuando anunciaron vendaval. Pero no puedo darme el lujo de tirarme a curiosear por la calle a sacar fotos del desastre, subirlas a redes sociales como de seguro han hecho tantos. Total, no hay señal. Se han caído las conexiones de internet. Esto no es usual. El de ahora no es un huracán como los otros. No tengo opción de gastar gasolina porque sí. El tanque de la guagua debe servirnos de reserva.

Más tarde intentaré ir al barrio, al otro barrio, del cual salí. Ver qué quedó en pie. Quién. Mi padre sigue vivo, mis tíos, de seguro. Suerte que ya no vivimos al pie del mangle ni en las casas de madera con techos de zinc en que me crie; si no, mi familia lo hubiera perdido todo y yo con ellos. En este clan se pierde en colectivo. Ser «individuo» es un lujo al que no hemos accedido todavía. Los pobres, los caídos, son la carga de los que van subiendo. La escalada es difícil, cuestarriba. La caída es en empinada y sin frenos.

Voy y les pregunto si necesitan algo. De nada sirve llamarlos. El celular está muerto. Ni entran ni salen llamadas. Así que ahora, tranquila. Esperemos a que baje la fila de la gasolina, llenamos unos cuantos tanques para la planta. Por el momento, fumemos y tomemos café. Todavía queda tabaco y harina para colar. Espera que se cuaje el día. Tenemos suficiente pan, leche, agua, suministros para hoy. Cuando se levante, le pido a Alexia que se quede con los nenes a ver qué sobrevivió de Sabana Abajo.

La fila de carros esperando el combustible no se mueve. Un silencio pasmoso cubre toda la cuidad. No debe quedar hielo. Padre necesita hielo para su insulina. Me queda el fondo de un saquito. No importa. Yo debo estar mejor que él. Se lo llevaré.

Fumemos en lo que nos bebemos este poquito de café bien ca-
lientito. Suerte que llené de gas la bombona conectada a la hornillita
en la terraza. Los nenes duermen secos, sin un rasguño, intranquilos
pero salvos.

Toma nota, escritora. Que no se te olviden los detalles. Acabas
de sobrevivir a un huracán.

Dictum de Lucián

—No quiero volver a casa. No voy a subir las escaleras hasta que no llegue la luz.

El barrio entero permanecía sentado dentro del To-Go, mirando las noticias en lo que parecía ser el único televisor encendido en toda la Isla. Tomábamos café. Las góndolas mostraban rebosantes su amplia variedad de mercancías: enlatados, papitas, quesos, huevos, todo tipo de refrescos y jugos en botella, bolsas de hielo. La barra servía desayunos. El barrio entero se encontraba allí, barrio de gente afluente que vive a pasos del mar en ese sector en donde todos hablamos español, inglés y a veces *espanglish*. Compartimos poco entre nosotros, tal vez un saludo pasajero en la calle mientras paseamos a los niños o al perro.

Antiguamente conocido como Crescent Beach, ahora responde al nombre de Ocean Park. Parque del Océano. Nombre demasiado pretensioso para denominar a un sector de playa robado al mar y una costa de mangle rellenado en lo que antaño se conocía como San Mateo de Cangrejos.

—Yo no subo las escaleras de casa, mamá. En casa no puedo hacer nada, ni jugar videos, ni ver YouTube. Te espero aquí en el To-Go.

Nuestro vecindario se puede dividir en siete cuadras que se extienden desde el Parque Stella Maris hasta el Celso Barbosa; ese otro parque que colinda peligrosamente con el complejo de residencias públicas de Llorens Torres y con la escuela República de Colombia. Esa es la parte agreste de Cangrejos, sector vecinísimo donde habitan

12

tiradores de drogas, madres adolescentes, rostros hoscos y oscuros, tan oscuros como el mío; más oscuros que el de los hijos que les parí a dos hombres blancos o casi blancos, uno hijo de mulata clara oriunda del pueblo de Humacao, al este de la Isla. La nena se la parí a un hijo de corsos venidos a menos de Ponce.

Pero se había ido la luz por una semana y todo cambiaba. Mentira. El cambio no era total, quizás parcial. Se había agrietado el continuo espacio temporal que establecía la rutina en la cual vivíamos. Los vecinos afluentes esperábamos con impaciencia que regresara la luz para que todo volviera a la normalidad. Mirábamos en las noticias el destrozo causado por Irma en las Antillas Menores. En Barbuda el azote de Irma fue total. Estructuras de madera o de cemento habían quedado destruidas en un noventa por ciento. Allí, todos los negros caribes se amotinaban ante la falta de agua y alimentos. Estados Unidos tuvo que enviar a las fuerzas armadas a sus territorios de Saint John y Saint Croix para rescatar a los de Barbuda y St. Maarten que intentaban escapar de sus islas destrozadas navegando hacia las vecinas. Intentaron imponer el orden en medio del caos, llevar suministros y repartirlos adecuadamente, establecer toque de queda y sacar de esas otras islas, minúsculas en comparación con la nuestra, a los miles de damnificados que lo habían perdido todo. La lluvia y el mar barrieron con lo que se alzaba como una segunda naturaleza frente a los elementos. Ahora había que emigrar.

Pero en Parque del Océano parecía que no había pasado un huracán. Solo que no había luz. No la hubo por siete días.

Por lo menos, no había escuela ni universidad. Las clases fueron suspendidas en la isla entera. Yo, escritora que trabaja a tiempo parcial para la prestigiosa universidad del estado, caminaba para arriba y para abajo, buscando suministro de luz, con mis hijos a cuestas. Nunca se fue el agua en casa. Hacía un calor insoportable.

Nuestra casa era una antigua mansión *art déco* convertida en complejo de cuatro apartamentos. Compré mi porción de la mansión gracias al adelanto que me pagaron por los derechos de autor de una de mis novelas. La novela vendió bien, mejor de lo que jamás imaginé. Le siguieron traducciones al inglés, al italiano y al francés, y con esos pagos di un buen adelanto para poder comprar la casa a bajas mensualidades, a lo largo de treinta años. Me ayudé también con lo ganado durante un semestre entero dando clases como profesora visitante en una universidad del norte y con parte de la herencia de mi madre cuando murió y nos dejó su caserón ampliado listo para ser vendido. Mi madre. Siempre vivió para los demás, para el clan, para los hijos, para el marido. Tuvo una vida corta.

Con las ganancias de la venta de la casa maternal divididas entre dos —una parte para mi hermano y otra para mí— pude hacer dos cosas terribles pero ineludibles: enterrar a mi madre e ingresar a mi hermano a un programa contra adicción a las drogas. Lo uno y lo otro hechos, sobró para comprar el apartamento 4A en el segundo piso de la calle F. Krug en Parque del Océano. Al fin escapé de los suburbios atestados de violencia de Sabana Abajo, barrio que acorraló a mi hermano en el vicio. Me mudé para Parque del Océano, donde encaraba un apagón inconveniente luego del paso cercano de un primer huracán.

Durante el apagón de siete días, Aidara, mi hija de diez años, había desarrollado por sí misma un protocolo mañanero de una eficiencia sorprendente. Se le ocurrió el mismo día en que Lucián, el hermano iracundo, rehusaba regresar a casa y se zabullía en el flujo de imágenes que trepidaban por la pantalla de su *tablet* digital mientras se disponía a esperar a su madre y a su hermana en el colmado-barra de desayunos-panadería de la esquina de su calle, donde sí había electricidad.

—Mamá, subamos a casa a empacar el *multiplug* para traerlo al To-Go. Regresamos a buscar a Lucián, nos comemos algo y aprovechamos para cargar todos nuestros aparatos a la vez. Los celulares, las computadoras… Si alguien necesita enchufar algo, puede cargar también y así ayudamos.

Aidara es Virgo, organizada, distante, observadora. Parece la más cabal del trío extraño que compone nuestra familia. Madre divorciada con dos hijos de dos matrimonios distintos, jefa de familia, de profesión escritora. Hijo preadolescente con disgrafia (según el último diagnóstico del neuropsicólogo de turno) que se pasa el día soñando con mundos alternos, leyendo libros (en inglés) de historia de la Segunda Guerra Mundial y de historia del cine (y eso que tiene disgrafia), creativo. A Aidara le tocó ser el cable a tierra, pausada, racional, hermosa, con el pelo huracanado. Le encanta hacer manualidades en silencio, jugar con sus amigas a Littlest Pet Shop y pintar. Rebelde de nacimiento, se sorprende ante la belleza inaudita que otros reconocen en sus facciones de hija de negra retinta y de periodista blanco del barrio Bélgica de Ponce, al sur de la Isla. Le empiezan a retollar los pechitos. Comienzan a dibujarse en sus caderas leves sinuosidades. Parece una diosita en formación. Ella, que desde ya ha renunciado a ser «como los hombres quieren que ella sea», declara a todo aquel que la quiera oír cuando decide hablar, que ella no es cristiana, sino que cree en la Luna y las demás fuerzas de la naturaleza; que no tiene la obligación de ser bonita; que no la llamen «princesa» ni «muñeca» porque no lo es. Una vez que deja claramente establecido su punto, se pone a mirar YouTube o a dibujar, otra vez invisible dentro de su silencio.

Cuando hace eso, Aidara me provoca una sonrisa orgullosa, aunque a veces confundida. No siempre las madres sabemos leer el silencio de las hijas.

Lo de sus creencias animistas y un tanto heterodoxas es culpa mía. No me gusta lo que el cristianismo les hace a las mujeres, y menos si somos mestizas o negras. Pero todos los seres necesitamos creer en mitos, en fuerzas mayores que las propias. Así que fui componiendo ese mito de la Luna y las fuerzas naturales para Aidara. Era mi manera de darle fuerzas a ella y darme fuerzas a mí.

No me preparé para Irma. Hacía veintiocho años que un huracán no azotaba Puerto Rico. Desde el 1998, cuando pasó Hugo (¿o fue Georges?) y yo tenía veintitrés años. Los huracanes anteriores ya los había olvidado. No viví Hugo (¿o fue Georges?) porque me había ido a estudiar fuera del país, a una universidad del Norte. Bien al norte. Allí no me alcanzarían los huracanes. Tampoco me alcanzaría la pobreza de la que me había entrenado a huir durante toda una vida. No tendría que batallar contra los mosquitos, ni contra el dengue, ni salvar las costas arrasadas por el mar, sobrevivir los apagones sostenidos, las huelgas sindicales. Allí en el Norte podría concentrarme en sentar las bases para un futuro luminoso y pudiente, aunque no afluyente, sin tener que llegar a fin de mes contando centavos para pagar las cuentas de electricidad o las de agua: como siempre hizo mi madre. Allí, al fin podría llegar a casa tranquila, y no como llegaba del colegio de monjas, donde estudié con beca, para encontrar que nos habían cortado el teléfono, el agua o la luz. Ese apagón no lo habían creado las ráfagas de un viento, sino la precariedad.

No tendría que vivir en precariedad.

Me había ido a estudiar maestría y doctorado en aquellos años distantes en los cuales moría el siglo XX, pero poco después regresé a la Isla para hacer algo grande por mi país. Mi meta era clara: ayudaría a sacar de la pobreza a Puerto Rico, de una pobreza que parecía más creada que real. No tenía sentido que fuera real. Puerto Rico era, según el cuento, «la Vitrina de las Américas», una isla que por su estrecha conexión con el Norte había escapado del destino de todo país «independiente» y «latinoamericano». Éramos territorio «americano». Se supone que vivíamos en modernidad. Que teníamos acceso a todo de lo que nuestros vecinos carecían: agua potable, luz eléctrica, comida, salud pública, derechos civiles, educación gratuita. Habíamos logrado existir por más de cien años sin dictadura hacendada, sin población desprotegida ante el poder criollo, con nada más que la sola opción de irse a las armas y armar revoluciones o guerrillas para pelear por el básico derecho de vivir con dignidad. Aquí no. Según el cuento, desde 1898, aquí había «democracia», elecciones, tribunales frente a los cuales luchar, convenios sindicales, títulos de propiedad, derechos de la mujer al voto, a igual paga por igual trabajo, ley civil. Había un Estado benefactor que recibía fondos federales para orquestar la industrialización. Las oportunidades latían frente a nuestras manos.

Sin embargo, algo andaba mal; muy mal desde hacía rato. ¿Sería la raza, el calor, la baja escolaridad, el español, la sangre latina, el destino manifiesto? ¿Sería la demasiada naturaleza corriéndonos por las venas? Algo en mi país no funcionaba y hacía que el cuento no se convirtiera en realidad. Puerto Rico, *the showcase of the Americas*, andaba con su cristal astillado. La imagen se refractaba hermosa, de playas majestuosas contra hileras de edificios de vidrio y metal, construidos para gozar de la vista panorámica frente al mar. Pero por cada esquina de las grietas del cristal, debajo de cada puente de metal y cemento, dormía un adicto. Los hijos de la industrialización parían adictos, desempleados, emigrantes, aunque también hijos de obreros negros, pardos y mulatos, jíbaros de los campos que hace dos o tres generaciones lograron convertirse en «profesionales universitarios». Estos hijos de la industrialización hablaban inglés sin acento y comían «suchi», pero terminaban no cabiendo en el país. Se regresaban al Norte a encontrar el lugar para el que tanto habían trabajado y que no se manifestaba en la Isla astillada. *The showcase of the Americas* paría su propia deserción.

Algo andaba mal. El cuento no acababa de cumplirse, pero, eso sí, añadía sus codas. Si los más instruidos entre nosotros nos esforzábamos, regresábamos o, por lo menos, enviábamos remesas, peleábamos por la estadidad, es decir, por al fin probarnos tan americanos como los americanos, podríamos arreglar «eso», viabilizar «eso» que nos faltaba y asegurar nuestra salida de la precariedad.

Otros ilusos insistíamos en pensar que quizás algún día, quién sabe, tendrá que ser, es que si no, nada tiene sentido, Puerto Rico podría convertirse en una nación como las otras. Un día, nosotros los boricuas «verdaderamente» ilustrados, lograríamos convencer a nuestros hermanos de que nos merecíamos explorar nuestro verdadero destino: el de al fin convertirnos en una nación sin amo. Con vergüenza y arrogancia, sosteníamos que era cuestión de tiempo. De seguro lograríamos una nación mejor que las otras naciones vecinas. No habríamos tenido que cargar con el lastre de la sangre derramada por la lucha armada. No habríamos tenido que pagar con guerras civiles ni guerrillas, ni desaparecidos, ni genocidios de nativos nuestra entrada a la modernidad.

Pobres ilusos que éramos, yo incluida. No queríamos reconocer los mutantes en que nos habíamos convertido.

Pero yo era joven y necesitaba un cuento en aquel distante entonces en que me fui al Norte a cumplir con mi destino manifiesto, mientras en la Isla la vitrina se quebraba. Me creía Iluminada, una de ellas, al menos. Regresé a mi país y me dispuse a hacer algo grande por él. Lo había estado haciendo durante los pasados quince años.

Escribía. Escribía sin cesar. Visitaba escuelas, daba talleres, publicaba y me ganaba premios: premios que dejaran saber al mundo que mi Isla existía, que era parte del planeta, que era cuestión de tiempo. Que en mi Isla vivía gente que podía ampliar la realidad, soñar en conjunto con el resto de los seres de la especie una realidad mejor, alterna, posible. Sin nuestras palabras, la historia de la raza humana estaba incompleta. A ese cuento me suscribí por años y a él apostaba.

Me acostumbré a vivir otra extraña precariedad, la del pluriempleo bien pagado, pero que daba para vivir dentro y fuera del mundo de los afluentes. Era extraño. Pensaba que si trabajaba aún más duro y más convencidamente, todo alcanzaría su resolución.

Estaba ansiosa y molesta por el apagón de una semana que me atrasaba la entrega de un manuscrito importante por el cual me pagarían un significativo adelanto. Con eso saldaría el carro y pagaría el semestre del colegio de Lucián. Pagaría sus terapias de disgrafia. Las clases de dibujo de Aidara. Un trombón nuevo para mi niña hermosa que ahora entraba a tocar en la banda de la escuela. «Un *trombone* bien *shinny* y más grande que yo». Una computadora, requisito también de la escuela especializada donde estudia Aidara. «Acaba de irte, Irma». Yo, la escritora-madre ejecutiva que era, quería que llegara la luz ya.

Ese día en que Lucián el Iracundo rehusó subir las escaleras de nuestro hogar sin energía eléctrica y matábamos tiempo comiéndonos algo en el colmado de la esquina, me topé con Helena. Flaca como una vara de matar gatos y elegantísima, Helena Sampedro abrió la puerta del recinto y caminó a largas zancadas hasta el mostrador para pedir un café. No sé qué hacía allí. Las mujeres como Helena siempre toman café en la exclusiva panadería de Kasalta, o el amago de bistró francés La Boulangerie, en la marginal del final de la Calle del Parque.

Helena es de las pocas amigas que tengo en El Condado, sector de cierto lujo a orillas del mar. Las mujeres que habitualmente viven en mi vecindario son esposas de *trust-fund babies* de cualquier edad cronológica, o de médicos o abogados afluentes. Se hacen la cara, los pechos, se alisan las arrugas con inyecciones de colágeno. No revelan ninguna edad. Pelos impecablemente teñidos de algún tono dentro del espectro de lo rubio, blancas como papel, son mujeres con mantenimiento mensual asegurado y que no llegan caminando a ningún sitio.

Helena es una de esas mujeres y, sin embargo, es más. Nació pobre, hija de un comerciante español con el cual vendía limones en la Plaza del Mercado. Luego se fue a estudiar historia del arte, pero todo eso cambió cuando se dio cuenta de que del arte no vive nadie y que la precariedad solo se combate con dinero contante y sonante, dinero que se pueda emplear para producir más dinero. Del trabajo afanoso o el conocimiento acumulado solo se consigue dinero para sobrevivir. Y Helena quería vivir. Había visto de lejos, pero pronto, cómo se vive.

Si algo hay que produzca dinero en una Isla de mínima extensión de terreno, pero con vista ininterrumpida al mar, es la tierra, las tierras: las propiedades, las casas, los techos donde la gente pueda cobijar sus cosas, sus sueños de más cosas con las cuales asegurar que se ha salido de la precariedad. Techo sobre las cabezas, cosas en las alacenas, patios con flores que no producen fruto, pero que adornan y dan el clarísimo mensaje de que se es próspero y feliz; esa ilusión. Si de una ilusión se vive en esta isla y en estos tiempos de huracán en huracán, es de que al fin se ha logrado levantar un hogar: es decir, un templo para las cosas.

Helena abandonó su precario amor por el arte y se dedicó de lleno a convertirse en vendedora de cosas. Más bien, vendía las ilusiones que dan las cosas. En la sangre lo llevaba y desde niña practicó ese otro arte. Primero se hizo vendedora de exportaciones españolas; esos productos parecidos a la comida verdadera. En el Caribe, las comidas se hacen a partir de la tierra cercana y sus frutos: plátanos, raíces dulces desenterradas del patio, puercos, gallinas, granos criados entre el mangle y el matorral. Pero Helena pronto se dio cuenta de que la gente «de bien» quería nutrirse de otra cosa que de comida. Quería nutrirse de la ilusión, del lujo de lo «civilizado». Aprendió entonces a vender habichuelas conseguidas desde fuera, salsa de tomate importada, chorizos, aceitunas, mazapán de almendras lejanas, de esas que no saben a la arena donde crecen los almendros en el Caribe. Amasó capital. Luego compró casas derrumbadas, ya en desuso. Las arregló y las revendió reconstruidas, elegantes. Compró apartamentos frente al mar que rentó a viajantes extranjeros, a empleados de multinacionales reubicados en la Isla y que podían pagar caro el enorme sacrificio de tener que vivir por algunos años en estas islas agrestes con sed de modernidad, de lujosos aparatos virtuales, computadoras, automóviles, sistemas electrodomésticos, lavadoras, secadoras «inteligentes», ascensores, puentes y trenes urbanos que no llevan a ninguna parte, sino que circunvalan nuestro amago de ciudad; que no conectan campos con fábricas, con poblados lejanos del resto de la Isla, sino que crean y reafirman el «allá» distante de los campos de este «acá» extrapolado donde la gente anda toda hecha, donde la gente vive una realidad alterna.

Después de asentados los zócalos de su pequeño imperio, Helena se compró un caserón viejo y lo convirtió en *boutique* hotel. Decoró sus paredes con algunos cuadros comprados. Pero pronto quiso más.

Las cosas se desechan. Las cosas de esta era son transitorias. La gente se hace cosa y es desechada. Como mucho, esposas, autos de lujo, cirugías plásticas o compra de acciones en la bolsa se convierten en «experiencias». Helena sabía, intuyó, nació a la vera y por lo tanto comprobaba que existía un mundo así y que todos los que vivían en ese mundo y, más aún, los que se veían forzados a habitar a sus orillas, soñaban el mismo sueño. Todos querían vivir en el mundo de las cosas. Techos de hermosos hogares con piscina, que los cobijara del sol y del calor, de las tempestades del Caribe. Pero, inteligente como era, también se dio cuenta de que la gente se aburre de las cosas, que entonces busca experiencias exclusivas y que entonces quiere viajar. Viajar al exótico y cuasisalvaje Caribe, por ejemplo. Compró y remodeló el Hotel Coral Princess. Se hizo más rica todavía.

Hizo mucho dinero la Helena. Ahora quería regresar al mundo primero, al que le hizo desviarse hacia las cosas. Quiso regresar al arte. Sucede que ahora Helena quería ser escritora. Me llamó un día distante porque una amiga la refirió a mí para que le hiciera corrección de estilo a una novela acerca del pintor Edvard Munch que acababa de completar cuando, harta del dinero y de las cosas y de vender sueños ajenos, se puso a estudiar una maestría en Escritura Creativa en una universidad privada de la ciudad donde habito.

Yo (es decir, aquella yo distante que hoy escribe esto) nunca creí mucho en esas maestrías. Entiendo por qué existen, pero sé la ilusión que venden. En el mundo donde habito, a los títulos universitarios se los trata igual que a las cosas. Yo misma los traté de esa manera, una distante vez. Era poseedora de varios doctorados, maestrías, becas, premios y por lo tanto sabía que los títulos transitan por los mismos canales que las cosas. El conocimiento, la conexión profunda desde donde nace la escritura y el saber, no se puede aprender en esos recintos que cobran para que una, a fin de cuentas, tenga otra «experiencia», la experiencia de un título. Pero Helena era lista como las niguas. Para nada necesitaba el título. Quería ver si ella podía extrapolar su conocimiento interno del sistema de las cosas al mundo de la literatura. Pueden parecerse esos dos mundos, pero se requieren otras destrezas. Y Helena, repito, lista, sabía que el truco final solo se lo podía enseñar otra zorra, otra mujer brava que se había abierto camino en el mundo ilusorio de la literatura para el que mira de afuera. El truco final para hacerse escritora tan solo se lo podía enseñar una escritora cumplida, vieja en la arena del negocio, una escritora como yo.

Me gusta rodearme de mujeres listas. Así que le edité la novela y nos hicimos amigas.

Aidara se comía una dona glaseada de chocolate. Lucián sorbía un té frío y mordía con apetito un sándwich de jamón de pavo. Ya se le había pasado el coraje del día a causa del apagón. Se calmó viendo YouTube. Yo acababa de desenredar cables y de conectar mis aditamentos al multienchufe que Aidara y yo trajimos de casa. Entremedio del gentío de vecinos refugiados en el comercio, reconocí de inmediato las largas zancadas de Helena. Los nenes y yo estábamos sentados de frente al mostrador, así que Helena nos avistó de entrada. Nos saludó con la mano y una sonrisa. Pidió un café. Cuando se lo sirvieron, se vino directo a tomárselo con nosotros.

—Nena, qué bueno verte. ¿Cómo has estado?

—Pues aquí, como todo Condado, sin luz.

—Que mucho se ha tardado en volver, ¿verdad? En el condominio de nosotros estamos con planta. En el hotelito también.

—Es cierto, tu hotel. Debes tenerlo abarrotado de gente.

—A tope. Tengo bastantes refugiados de los que no tienen planta.

—Debí haber pensado en esa opción. Llevamos los nenes y yo cuatro días sin luz en casa. Ya Luc está perdiendo la cabeza y yo por su causa.

—¿Quieren venirse a pasar una noche al Coral?

—Es que no sé si me dan las finanzas. Tenía que entregar un manuscrito a la editorial para que me pagaran avance y ahora con esto…

—¡Por amor de Dios, chica! Con dos nenes encima, debe estar bastante fuerte. Ahora mismo me acaban de llamar del *frontdesk* que hubo una cancelación. Déjame ver si es verdad. Llega al hotel como a la una de la tarde. Te quedas esta noche. Yo creo que estamos a ley de nada para que regrese la electricidad. Tú prepara a los nenes. En el hotelito hay piscina. Te relajas. Descansan. No lo pienses más. Yo averiguo si es verdad que tengo espacio desde qué hora y te confirmo por texto.

—Coño, Helena, gracias.

—Chica, si pa eso estamos, pa ayudarnos. Te espero por allá.

No tomó demasiado para convencerme de abandonar la casa por uno o dos días y pasarnos al hotelito de Helena en la calle Magdalena. Allí dormimos con aire acondicionado y tomamos desayunos calientes que compramos en la colindante zona turística del Condado.

A los dos días, nos llegó la luz.

De otros vientos huracanados

No fue Georges ni Hugo. Fue durante otro huracán. ¿Cómo se llamó ese otro? ¿En qué año azotó ese otro huracán nuestras costas?

Aquella otra distante (y no la que hoy escribe esto) tenía trece años y era una criatura de mangle. Vigilaba que no fuera a llover mucho por las ventanas Miami del cuarto. Afuera soplaba un viento que silbaba contra las persianas y las hacía vibrar. Entraban gotas de agua que hincaban la cara por las rendijas de las ventanas. ¿Cuándo fue aquello?

Vigilaba la lluvia, porque, si vaguaba, se nos inundaría la casa de cemento en la urbanización y se iría la luz. No prendería la televisión. ¿Entonces qué? ¿Cómo soportar todo aquel tiempo muerto?

Miré hacia el piso. Hacia la puerta del cuarto. Una mancha de agua barrosa empezaba a colarse por debajo de la puerta.

¿Cinco, siete días? No pasó ni una semana de reestablecida la electricidad tras el paso del huracán Irma, cuando las noticias nos avisaron de la inminente llegada de un segundo huracán. Este sería más potente que el primero y seguiría la trayectoria de Hugo, pasando entre Martinica y Guadalupe y subiendo desde el sureste para partir la Isla por la mitad.

Al principio no quise creerle a las noticias. Hacía casi tres décadas que los reportajes climatológicos vivían de estar avisando huracanes que nunca pasaban por la Isla. A último minuto se desviaban, nos rozaban apenas dejando sentir algunas ráfagas de viento, inundando calles aisladas. Como previsión, anunciaban el plan de evacuación y también la lista de lo que ya todos sabíamos que debíamos tener en la alacena. Eran cosas, una lista eterna de cosas: suministro para diez días de carnes enlatadas, agua embotellada, arroz, galletas, baterías recargables, linternas, camas inflables, trancas de puerta, radio de pilas, repelente de mosquitos. La gente atestaba los supermercados y compraba de todo, dejando las góndolas vacías. Cerveza y ron, que no se les acabaran los suministros de cerveza y ron, porque a este gobierno de mierda siempre le daba por imponer ley seca justo antes y después de que pasara un falso huracán. La gente aprovechaba para comprar juguetes, televisores de pantalla grande, generadores de energía (otro, además de los dos o tres que tenían ya en la casa, por si se dañaba alguno), gasolina por galones (aunque a los tres días estuviera dañada), comida de gato, carnes frescas que guardar en los congeladores electrificados a fuerza de plantas eléctricas, lápiz labial. Las ferreterías también quedaban desoladas. Parecía que había pasado una plaga justo antes de los falsos huracanes.

El imperio de las cosas se activaba, haciendo pasar cuanto existía como objeto de primera necesidad.

Yo no tenía generador. No pensaba comprarme uno, ni salir corriendo a hacerme de provisiones. Pero, de repente, me llené de una extraña ansiedad. Lucián y Aidara. Los siete días sin luz, en deambulaje del hotelito a casa a ver si había llegado, la estrategia de Aidara para cargar baterías. Mi hijo desesperado ante la falta de conexión con computadoras e internet, ante la ausencia de su mundo alterno familiar. Su llanto de tecatito electrónico. Era una idiota, lo sabía, pero esta vez decidí claudicar al asunto del consumo y comprar una planta. Pero ¿dónde vendían plantas? María se acercaba y esta vez, pese a mi usual desconfianza en pronósticos del tiempo, parecía que venía en serio y que era necesario prever.

Llamé al Gabo.

Peleo, pero siempre llamo al Gabo. ¿Por qué llamarlo, si sé que no debo?

—Mira, lindo…

—Dímelo, Negra.

—¿Tú crees que sea sensato tirarme a la calle a comprar una planta de las chiquitas?

—Ya hay gente haciendo fila desde la madrugada de ayer en las únicas tiendas donde quedan. Yo compré la del negocio en Puerto Nuevo, pero no sé si te debas tirar. Tengo que buscar unos materiales por esa área. Me doy la vuelta y te aviso cómo están las cosas.

—Dale. Es por Luc. Con Irma se puso tan nervioso que creo que en este huracán le da ataque de asma. Y después, ¿cómo le doy terapia?

—¿Y Aidi?

—Aidara siempre brega. Tú sabes que ella aguanta. Es guerrera.

—¿No se orinó en la cama con Irma?

—No dio la señal de alerta. Aunque con María…

—Bueno, paso frente a la tienda y te aviso, corazón. Ando con Diego.

—¿Te lo dejó ver la mamá?

—Milagro pretormenta. Te aviso cómo ande la fila.

Los niños, ¿qué hacemos con los niños frente al mundo de las cosas?

Conocí al Gabo hacía menos de un año. ¿O habrá sido al año y pocos meses? La que ahora cuenta esta historia no recuerda bien. El tiempo se deshace frente al calendario de los huracanes.

Acababa de terminar con desaliento mi último intento de proyecto doméstico. Segundo matrimonio, segundo divorcio. Me asfixiaba allá adentro. El segundo marido abandonó la casa después de dos años de depresión severa tras la pérdida de su trabajo. Un día me miró con todo el odio del mundo y sentenció lapidariamente: «Las esposas no son así». Lo miré con asombro. O más bien: ese día me miré con asombro. ¿Cuándo había yo accedido a convertirme en esposa?

Nota aclaratoria: el proyecto doméstico nunca me salía del todo bien. Mi relación con los hombres siempre fue conflictiva, placentera pero conflictiva, y, por lo tanto, pasajera; no sabía muy bien por qué. Pero después de la muerte de mi hermano y de mi madre, me di cuenta de que el mundo de los títulos y la literatura y de las relaciones conflictivas y pasajeras con los hombres no me daba para sostenerme. No hablo de ese sostén material que impera en el mundo de las cosas. Hablo de sostenerme y respirar, de pararme sobre mis propios pies, de poder abrir los ojos en la mañana sin preguntarme «¿por qué aún sigo viva?». Las mañanas eran sentir un horrible escozor de angustia recorrerme todo el cuerpo. Después que madre y hermano murieron, vivía profundamente triste. Pero el mundo de las cosas insistía en premiarme. Aparecieron, una tras otra, publicaciones en varios idiomas, premios, títulos, fama. Todo lo tenía y, sin embargo, sentía que todo me faltaba.

Por esos tiempos, decidí parirme de nuevo una familia; esta vez propia. La verdad, no miré bien con quién. Me bastaba con que fuera un hombre que quisiera hijos y compañía y que me dijera algunas palabras con las que anclar el cuento. Soy buena hacedora de cuentos. «Familia, amor, para toda la vida», con esas palabras bastaba. El resto, pensé, lo componía yo.

Primero intenté armar el cuento con un pintor, después con el periodista. El fallo, creí yo, aquella distante yo que corría detrás de su propio cuento, que todo se debía a que no había conocido al hombre correcto. Así que cambié uno por otro. No me daba cuenta de que carecía de respiro, de que habitaba algo en mí que se rebelaba contra lo rutinario, contra el orden prescrito de la cotidianidad, de que no había descansado de la muerte de mi madre, de mi hermano. Las muertes pesan. Hacen correr detrás del alivio. Nadie se ocupa en decirte que por un tiempo no respirarás, que debes dejarte morir con tus muertos, ahogarte en el delirio de la pérdida. Solo así se puede recuperar el aliento, el ritmo de la vida. Si no, apuestas a pasarte los días, los meses y los años persiguiendo un alivio.

La mujer que soy ahora lo ve claro. Estaba buscando alivio, estaba buscando el vínculo perdido. Lo encontré, no en los hombres con que me casé para armarme un cuento de permanencia, sino en los hijos. Llegó Lucián y después Aidara y de repente volví a encontrarle peso a mis pasos y función a mis movimientos. Recuperé la capacidad de respirar. Los triunfos se me hicieron livianos, casi imperceptibles. Había que criar. Me dispuse entonces a criar y a crear, es decir, a escribir, a amamantar, a ser madre ejecutiva. Entonces, mi segundo marido perdió el trabajo y aquel hogar con libros y niños que había levantado para echar raíces, se vino abajo con el soplo de una mano.

El hombre es el que provee y la mujer la que cría. Pero yo criaba y escribía y trabajaba y proveía. De hecho, la que más dinero traía a la casa era yo. La que viajaba a presentar libros era yo. Al principio, el papá de Aidara me acompañaba. Luego, empezó a quedarse en casa con los niños. Era un hombre noble, bueno. No muy afín a mí, ni a lo que creo, pero pensaba que eso no era medular en nuestra relación. Superficialidades de mujer que busca alivio.

Mi segundo marido perdió el trabajo a causa de una de las múltiples crisis que alimentan la precariedad en estas islas. El periódico para el cual trabajaba trasmutó para acoplarse a estos tiempos de la virtualidad. Ya no necesitaba de periodistas viejos, oriundos de la prensa de papel, periodistas investigativos. Y el padre de Aidara y padrastro de Lucián, era, en efecto, un periodista de la vieja guardia, de las largas y tediosas investigaciones del periodismo análogo. Era ducho en disparar preguntas difíciles en conferencias de prensa, en imputaciones a políticos corruptos, desviadores de fondos públicos, un as en acosar a narcotraficantes que aportaban a campañas de asambleístas y senadores y descubrir fraudes de planes médicos y a empresarios huyéndole al fisco. Era el paladín de la verdad argumentada en detalle, corroborada por tablas y cifras, y su mundo se acababa. La noticia en 144 caracteres, con videoblog incluido, era el nuevo imperativo en su oficio. El periodista convertido en «celebridad» se convirtió en el gancho para atrapar lectores. Noticia instantánea de mundo virtual y de la realidad como espectáculo.

Perdió el trabajo y lo mantuve. Intentó revalidar su antiguo título de abogado. Lo mantuve. Fracasó tres veces de pasar la reválida. Se enfermó de ansiedad y miedo. Depresión clínica. Dejó de dormir. Lo mantuve, pero también dejé de dormir. Le cogí tirria. ¿Por qué no se levantaba? ¿Por qué no se podía reinventar? ¿Por qué no pausaba un poco, se ocupaba en ayudarme con los niños en lo que de nuevo encontraba su camino? ¿Cuál era el motivo de su desconexión persistente y de su rabia? Su desánimo nos contagió a todos. No sabía que la depresión se pega. Los niños dejaron de dormir, estaban ansiosos, desconcentrados en la escuela, se caían del sueño en el recreo. Mi segundo marido se convirtió en enemigo.

Lo saqué del cuarto para en él acostar a los nenes y vigilar sus sueños. Fiera desesperada en la noche, el padre desempleado deam-

27

bulaba por los pasillos del apartamento. Abría y cerraba mil veces la nevera. Se tomaba toda la leche de la nena, se comía todos los cereales del desayuno. Se inflaba como un cerdo, no se bañaba, apestaba a sebo y a pudrición. Se acostaba de día, cuando los niños y yo retomábamos los ciclos naturales del tiempo. La vida se partió en dos: las noches insomnes en las que yo vigilaba el sueño de mis hijos, los días en que escapaba del fracaso de mi segundo matrimonio.

«Así no son las esposas», me dijo y se fue. Yo ni argumenté. Había mucho qué argumentar, pero me quedé callada. Respiré al fin de nuevo. Lo que para muchas mujeres hubiese marcado el inicio de la gran pesadilla de mujer abandonada con hijos pequeños, para mí se convirtió en profunda libertad.

Era cierto. Yo nunca había sabido ser una esposa. Quería escribir y criar. Madre ejecutiva. Mujer de medios con sus dos críos a cuestas. No necesitaba del dinero de ningún proveedor, nunca lo necesité. Creo que soy de las pocas mujeres en la historia de estas islas, en la historia, quizás, del continente entero, que han podido acceder al privilegio de no tener que ser la esposa de alguien para sobrevivir en el mundo de las cosas.

Se me daba bien mi nueva identidad.

Pero ¿qué hacer con el deseo propio? Porque sucede que cuando una mujer no necesita de nadie para comprar o no comprar cosas, se topa irremediablemente con esa pregunta fatal.

¿Cuál es tu deseo?

¿Qué es lo que quieres?

Quería a mis hijos y que estuvieran bien. Eso era un hecho.

Pero una noche en que caminaba sola por la calle rumbo a mi casa, después de salir de juerga con los amigos; una de esas pocas noches en que los niños se habían ido a pasarse uno o dos días con sus padres, me topé con el Gabo. Ahora que lo pienso, con lo que me tropecé fue con mi propio deseo, enredado en los ojos de gato del Gabo.

Sucede que en islas como las mías se baila en la calle. Entre jornada y jornada de despedazador trabajo, a varios productores de eventos se les ocurre celebrar un festival. En mi isla hay festivales para toda ocasión y a lo largo del año: festival del acabe del café, de la china, de la salsa, de bomba y plena, de la pana y de automóviles antiguos. De la chiringa, del arroz mamposteao, ferias agrícolas, vecinales, de solsticio, del santo patrón del pueblo o de la luna. Mantuvimos, no sé cómo ni por qué, ese rito raro que regula los tiempos comunales: las cosechas y las fiestas religiosas que marcan las épocas en el pueblo chico, donde todas las creencias y las labores eran compartidas. Llegó la modernidad y sus relojes, su tiempo lineal dirigido hacia la productividad, pero no pudo borrar el tiempo cíclico. Tampoco borró la necesidad de compartir en comunidad.

Hay que entender esto para vivir en clave Caribe.

En esos festivales se contrata a músicos para que amenicen bailables en plazas públicas y calles cerradas. Artesanos, dueños de bar o de chinchorros sacan sus mercancías ventana afuera y se las ofrecen al transeúnte. Se bebe bastante, se come más. Se consume de todo. Las fiestas son el escaparate de la juerga vuelta consumo. Pero también son el necesario espacio de bailar juntos en la calle; de celebrar que eres una entre muchos, tus extraños entrañables, propios. Que una anda suelta entre los suyos, y que está viva.

Eran las fiestas de la calle Loíza, justo en las colindancias donde mi barrio afluyente se vuelve popular. La calle Loíza cierra Parque del Océano con una pléyade de tiendas, colmaditos, restaurantes mexicanos, de *haute cuisine* puertorriqueña, gasolineras, *boutiques* y cafés. Digamos que es la parte comercial del vecindario, lo que queda de la antigua ciudad de obreros que se mudaron a los mangles cuando la ciudad colonial fue quedándose chiquita. Los campos se vaciaron de mano de obra para levantar la nueva ciudad. Jornaleros desplazados por malas cosechas, por sequías y por huelgas se vinieron a la orilla de la capital y adquirieron nuevas destrezas para el sustento. Se convirtieron en albañiles, dueños de fondas de comida, tapiceros, costureras, cuidadoras de niños y de ancianos, handymanes de todo tipo, limpiadoras de casa, enfermeras, conductores. Los hijos de estos obreros fueron a la escuela. De ahí se graduaron maestras, pianistas, enfermeras, secretarias, contables, artistas visuales, músicos o escritoras, como yo.

Otros hasta llegaron a convertirse en ingenieros o litigadores, como mi amigo Édgar, abogángster negro de padre dominicano y madre boricua. Luego de décadas de doblar el lomo, su viejo abrió un restaurante que su madre ayudó a administrar. Prosperaron. Decidieron apuntar al hijo menor en un colegio militar para que no se les dañara como el primero, que se lo comió la calle.

Édgar era inteligente y en la escuela militar aprendió inglés y disciplina. El padre no le perdía ni pie ni pisada, aunque el negrito se le escapaba detrás de algo que lo sacaba de la senda prevista. Sucede que el menor de la camada era músico de vocación. Pronto aprendió que del arte nadie vive. Por complacer a los viejos y honrar sus sudores y sacrificios, Édgar se matriculó en la universidad, o más bien pasó por ella, de día y casi sonámbulo, mientras de noche se dedicaba a pegársele a congueros viejos que le pudieran enseñar su arte. De sus maestros del rumbón de esquina sacó dos enseñanzas fundamentales: la de hacer sonar un tambor en todos sus toques, sabiendo las fuerzas que llamaba, y la de navegar sin tropezarse con los negocios siempre turbios de la calle. Se graduó con bajo promedio. Su padre no se lo perdonó y, por conexiones, le encontró un puesto de camionero. Pero a Édgar lo habían criado para más. Decidió que era tiempo de sentar cabeza, dejar la joda de las calles y ponerse a doblar aún más duro el lomo de su inteligencia afilada. Solicitó y entró a la Escuela de Derecho de una de las universidades más prestigiosas del sur de la Isla. Desde que se graduó trabaja como abogado litigante, defendiendo a los negociantes, músicos, delincuentes y trabuqueros que conoció en las noches de la ciudad.

Compartíamos el mismo origen, la misma raza, Édgar y yo. También Alejo. Ese amigo era descendiente de mulatos claros de la costa este de la Isla. Su abuelo había preñado a una hija bastarda de hacendado. Es decir que Alejandro descendía de una larga cepa de mujeres ilegales. De esa unión nació su padre, quien pudo estudiar en la universidad del Estado, pero no se graduó, no del todo. Conoció a una maestra que un día lo invitó a unirse con ella y entregar su alma a Dios. Ella era pentecostal. La Iglesia la había salvado de la pobreza y de la vergüenza y le dio sentido a su vida. Era una mujer decente, distinta a las tías y abuelas cortejas que él había conocido, todas preñadas de hombres que no eran sus maridos. Así que se casó, tuvo dos hijos. Los crio con el temor a Dios entre las carnes. Los metió en escuelas especializadas, los hizo graduarse de universidad. Tenía dos trabajos, uno de día y otro de noche; oficinista y guardia de seguridad, hasta que se enfermó del corazón y la Unión lo retiró de su puesto. Recibió una pensión del Estado y vio, con mucho orgullo, cómo una hija se le graduaba de psicóloga y el menor entraba a la Escuela de Medicina.

Pero Alejandro había nacido con extraña vocación. Quería ser poeta.

—No sabes la pela que me dio mi madre cuando, cansado de pasar a raspe las clases de Biología, le dije que me cambiaba a la Facultad de Humanidades.

«De la poesía no vive nadie. Eso es para ricos y para patulecos», le gritó su progenitora. El padre guardó silencio y avaló el *dictum* maternal.

Alejo se fue de la casa a perseguir su sueño. Pronto vio que era verdad lo que decía su vieja. Se iba a morir de hambre. Estudiaba de día una licenciatura en Lenguas extranjeras y Literatura Comparada para hacerse del acervo cultural del que carecía. Siempre carecemos de cultura en el Caribe. Trabajó de noche durante ocho años como *concierge* en un hotel de lujo para turistas gringos. Luego, quién sabe por qué designios de la suerte y por qué destino manifiesto, se cansó de aquella vida que lo iba a depositar directo al lugar de donde quería salir. Solicitó a la Escuela Graduada de la Universidad de Salamanca para estudiar maestría en Traducción. Siguió escribiendo en secreto, pero a nadie le enseñaba lo que escribía. Yo fui una de las pocas que leyó los poemas de aquella distante etapa. Todos tratan acerca de guerras, del abandono y la derrota.

Le tomó cinco años terminar el doctorado que aprobó *magna cum laude* en la universidad española. Sobrevivió a la hazaña endeudándose hasta los tarros y trabajando como puta, por las noches de camarero y *bartender* en cuanto establecimiento le ofreciera pagarle por debajo de la mesa, haciendo caso omiso al detalle de que no tenía visa de trabajo. Sin decírselo a nadie, su padre discretamente le mandaba un chequecito a Salamanca de lo que lograba ahorrar de su pensión. Nunca su madre se enteró de estas gestiones.

Alejo regresó a la Isla. Daba clases transitorias, sin plaza fija, en los campus universitarios del área metro y en el pueblo rural de Cayey.

Se tiró de pecho a la fe en la literatura. Por algo se crio pentecostal. Se tatuó un Principito en el antebrazo como símbolo de su pacto con la tinta. Empezó lentamente a publicar versos pulidos, todavía explorando el tema de la derrota. Ganó varios premios literarios. Empezaba a despuntar.

Habíamos quedado él, Édgar y yo en encontrarnos en las fiestas de la calle Loíza. Yo andaba de mujer soltera de gabetes sueltos. No quería acompañarme de ninguna mujer. No tenía muchas amigas por aquella época. No quería salir a la calle en plante de presa del deseo, para buscarme al próximo novio que me acompañara a sentirme persona. Las mujeres, cuando salen juntas, suelen hacer eso.

No, esa ya no. En ese distante entonces en que conocí al Gabo, no estaba del todo segura de cuál era mi deseo, pero sí sabía a ciencia cierta que aquella noche lo que me apetecía era bailar.

Bailamos Édgar, Alejo y yo la tarde entera. Se hizo de noche y seguimos bailando. A mí ya me dolían las batatas; palabra para pantorrillas en lengua caribe. Nos fuimos a tomarnos algo a un bar y a hablar cosas de esas que hablan los amigos en la calle, amigos que son amigos, no parejas potenciales, ni protectores de exjevas ni nada por el estilo. Me encantaba mi vida llena de amigos. Con ellos podía transitar las calles segura de que nadie me viniera a molestar.

Pero el tiempo tenía destinados otros avatares.

Una rubia con un tatuaje en el escote se le acercó a Édgar en el bar. Prieto de estas tierras, o quizás por otra peregrina razón, Édgar tiene cierta debilidad por las rubias. La miró de arriba abajo con esos ojos enormes suyos, en forma de caurí de luna. Relumbran sus ojos como los de un animal agudo. Su piel más oscura que la mía le aportaba el contraste justo.

—¿Y tú qué? —le preguntó Édgar a la rubia tatuada que se le instaló al lado.

Supe que era momento de partir. A nadie le gusta espantarle los polvos al prójimo. Le hice señas a Alejo. Riéndonos de la escena, decidimos seguir callejeando.

—Ya yo estoy quemao, Mayra. Y muerto del hambre. Voy a comprarme unos pinchos de pollo en esa esquina y después me voy para casa.

—Dale, pero antes me acompañas a la mía.

Mientras esperaba por Alejo, me senté en un murito que había cerca de la acera. Ya estábamos a dos cuadras de la calle donde vivo. Me entraron unas repentinas ganas de tomarme la última cerveza. Quién sabe cuándo iba a tener la oportunidad de andar suelta por la calle, sin hora de llegada, sin nanas esperando para entregarme a los hijos. Le hice señas a Alejo de que iba a ver si me compraba una Medalla en el puesto de enfrente a la fila de los pinchos. Resueltamente, me aproximé a la barra improvisada detrás de un tumulto que bailaba salsa. Amenizaba un conjunto de nuevo cuño; de esos que ahora tocan tumbao con coros cortos de *reggaeton*.

«Inteligente el empresario. Contrató a quien produjera el roce y la sed».

Me reí sola.

Tan pronto me fui acercando a la barra, un arquitecto de las colindancias se me tiró encima. Lo había visto por el barrio. Recién se separaba de la madre de sus gemelos. Una vez tomamos café en el To-Go de la esquina. Era uno de esos blanquitos *cool* que alguna vez había conocido y hasta intimado con gente de fuera de su clase. Pero esa noche se puso impertinente. Parece que había bebido de más y que la soledad de su nueva soltería lo tenía desesperado. Empezó a decirme sandeces. Que si siempre me había encontrado atractiva. Que si esa noche quería acostarse con una negra.

—Por allí, calle abajo, hay muchas —le respondí con toda la malaleche que pude destilar en cada una de mis palabras—. Vete y búscate una, por mí no te detengas.

Otra vez, enfilé pasos hacia la barra. Tampoco pude llegar. Ahora un pseudointelectual de izquierda, solidario con la lucha del pueblo trabajador y marginado, me había reconocido.

—Tú eres la escritora Mayra Montero, ¿verdad?

—No. Yo soy la otra Mayra. La Santos.

—Ah, sí, claro.

Empezó a recitarme bibliografías y a hablarme de la importancia de mi obra para denunciar la heteronormatividad del neoliberalismo clasista y racista. El tipo no paraba de hablar y se había ubicado exactamente entre mí y mi destino, entre la barra de cervezas y mi sed. Entonces, justo entonces, apareció un mulato con ojos de gato y con una cerveza en la mano. Me la puso en la mía.

—Tú no te alimentas de eso, ¿verdad?

Me echó el brazo por los hombros y me sacó del atolladero. No supe más del pseudointelectual de izquierda. Tampoco de Alejo. Aquella noche, el Gabo se quedó a dormir en casa.

La fila era enorme, infinita. Eran las nueve de la mañana cuando llegué a Puerto Nuevo, a relevar a Gabo de hacerme cola para que yo pudiera comprar una planta eléctrica.

—Negra, esto es una locura. Hay gente que bajó desde Adjuntas, desde Ponce, desde la Isla entera a comprar generadores. La fila le da vuelta a la cuadra. Están dejando entrar por cuentagotas. Yo no sé si debas insistir.

—Tengo que conseguir una planta, Gabriel. Acá no aguantamos sin una. Estoy segura de que se va a ir la luz y que no regresará en largo rato. ¿Cuánto llevas en la fila?

—La media hora que te tomó llegar. Se mueve lento.

Diego, el hijo menor de Gabo, ya estaba quejándose de sed.

—Calor, papi, tengo mucho calor. Cómprame una Pepsi.

—Ya voy, papito.

Me puse en la fila en lugar del Gabo. Abrí una sombrilla. Usualmente me cobijo del sol más que con gafas oscuras, pero aquello lo ameritaba. No se movía ni una hoja. Una quietud de brisa y un calor infernal, rabioso, aplastaban contra el tope de las cabezas y hacían que una se mareara. El vaho de humedad daba el golpe faltante. Había que recurrir al viejo arte de agenciarse sombra con sombrilla.

—Esta tormenta va a estar fuerte. Recuerdo que se puso así mismo cuando Hugo.

—Cuando Hugo yo tenía cinco años.

Sonreí. Siempre se me olvidaba que el Gabo era menor que yo, catorce años menor. Nació en el último decenio del siglo pasado. Aun así se veía más viejo que la edad que tiene, por su *flow* de hombre curtido por los años. No pintaba ni una sola cana en su pelo oscurísimo. Las arrugas que se le formaban alrededor de los ojos cuando sonría eran arrugas de flaco. Era más claro que yo. Su piel era de un caramelo intenso, como de caoba brillada por un profundo aceite. Tenía el pelo casi lacio, de ondas sueltas. Antes, cuando más joven, lo llevaba largo, hasta los hombros. Su pelo largo fue la marca indiscutible de su etapa de *surfer*, de bohemio fumapasto y aspirante al artista que nunca llegó a ser. Le tocaron los años duros en que la vitrina que era la Isla se agrietó por completo. No fue tan fácil para él como para Édgar, para Alejo o para mí acceder a becas ni a préstamos que lo ayudaran a alejarse de la precariedad.

La precariedad envejece.

El Gabo se abandonó temprano al aquelarre de los sentidos, de las fiestas y de los cuerpos bailando en las calles, en las juergas de esquina. Aprendió temprano a darse ese alivio. No tuvo padre ni madre que lo frenara. Nunca aprendió a frenarse a sí mismo. El Caribe engaña con su falsa fiesta de sonrisas. Uno olvida pronto que tiene hambre y miedo cuando cargas cerveza en mano y bailas en las camas y en las calles. El jolgorio alivia de la noche oscura que te cerca de preguntas. ¿Cómo voy a sobrevivir la noche? ¿Cómo resuelvo mañana? Pero olvidas pronto si sales a cazar, si te sacan a bailar. La gozadera impera.

El Gabo preñó temprano. Tuvo su primer hijo a los veintitrés años. La licenciatura que logró aprobar en Bellas Artes, con concentración en dibujo y subconcentración en idiomas, no le abrió demasiadas puertas. Para colmo, el galán era oriundo del residencial público de Las Margaritas, territorio *apache*, donde se hacen pocos contactos que sirvan de referidos para abrir puertas en el mundo de las validaciones. Le hicieron falta contactos con galeristas, otros pintores y profesores que le enseñaran la coreografía de gestos y de clase que no se aprende en la calle, tumbando jevas que caemos, embrujadas todas, ante sus ojos de gato.

Lo que aprendió de la vida y de la bohemia no le alcanzaría para darle de comer a su primer hijo. Diego era su segundo. Estuvo un tiempo en la calle, haciendo cualquier cosa, y la calle amenazó con devorárselo. Pudo haberlo hecho, pero el Gabo ya andaba picado con el germen de la reflexión y la inteligencia. Sabía demasiado como para rendirse al asedio de la precariedad y su alivio con joda integrada. Ni las noches de juerga, líneas de coca y mujeres le hacían olvidar aquel otro mundo al que había estado expuesto. Orozco, Gauguin, Picasso, Rimbaud, Buñuel, los libros y las películas le develaron mundos distintos al propio. Quería convertirse en obrero, trabajar para sus hijos, comer, pagar cuentas y basta. Pero una intensa melancolía se le había instalado en el pecho. Quizás eso era lo que le brillaba en sus profundos ojos de gato.

Gabo era hijo de padre fugitivo y de madre adolescente y soltera, de una de esas pichonas de mujer que tuvo que depender del Estado para sobrevivir. Oriundo de residencial público, pero con preparación universitaria. La rabia y el resentimiento contra el padre, contra su origen todo, le dotaron de algo de fuerzas. Decidió no ser como los otros hombres de su especie, no del todo como los otros machos de orilla. No abandonó a sus hijos. Empezó a estudiar Diseño como carrera alterna en otra universidad. Retomó el viejo oficio de sus ancestros, pero desde otra vía. Digamos que con otra consciencia. El Gabo también era nieto de albañiles y de obreros. Desde niño aprendió el arte de virar cemento, levantar cimientos de varilla, alinear paredes, enchapar baños. Con el único hombre que lo cobijó bajo su ala, su abuelo, levantó las casas de su familia. Para algo le tenía que servir ese patrimonio.

Se dispuso a doblar el lomo construyendo casas para dar de comer a su prole; casas para otros, templos para las cosas que otros acumulaban. Siempre iba a encontrar sustento en el mundo de cosas que se levantaba sobre la Isla. Añadía el arte del dibujo y el diseño a los servicios que ofrecía a sus clientes. Como no tenía título de arquitecto ni de ingeniero, sus servicios salían más baratos. No cesaban de caer interesados.

—Corazón, ya me tengo que ir. Sabes que si al nene le pasa algo, la madre me lleva de nuevo a la corte. Esa no pierde la mínima oportunidad para pelear conmigo.

—Eso es que todavía se aman.

—Vete al carajo.

—Yo me quedo aquí hasta que consiga la planta.

—¿Estás segura?

—No tengo de otra.

—Cualquier cosita me llamas. Tengo que llevar a Diego a casa de la madre a las cinco.

Un beso leve en la mejilla y un distante adiós. Después de aquella primera noche, el Gabo y yo éramos y no éramos «algo». Quizás éramos amigos. Había caricias, muchas conversaciones, sexo asustado y tenso, de pasada. Poquísimas veces, sexo. Me acosté con otros hombres para espantarme el hambre que siempre me dejaba en el cuerpo el Gabo. Me imaginaba que él también hacía de las suyas, pero en silencio. Sin embargo, si a alguno le pasaba algo, el otro estaba allí para apoyar. Para hacer filas, sacar sellos en la colecturía, someter mociones de pensión alimenticia a exmaridos o exesposas, prestar dineros para pensiones, buscarme de mis viajes de escritora a los aeropuertos, ir juntos con los niños de ambos a la playa. Un beso leve en la mejilla, un distante adiós. Un «quédate conmigo esta otra noche» atascado en mi garganta. Un «no puedo, tengo que trabajar, Negra», y a la vez un brillo profundamente agazapado en el fondo de sus miradas de gato callejero.

Tras la partida del Gabo, estuve siete horas en aquella fila del demonio, bajo el calor excepcional de los barruntos de tormenta en el Caribe. Hubo viejitas desmayadas, niños llorando, ambulancias, una pelea porque alguien se saltó la fila, vecinos de fila que se hicieron amigos, se tomaron fotos y las publicaron por Facebook, camarógrafos de noticieros cubriendo la impresionante longitud de la cola, la crisis energética que se avecinaba, reporteros intentando conseguir declaraciones de los que allí buscábamos la forma de no volvernos a quedar días sin luz, quizás semanas. Había quien aún no recuperaba la electricidad en su casa desde el leve azote de Irma.

Me escondí bajo mi paraguas, tapando mi identidad de los camarógrafos por si alguno me reconocía como la escritora. No estaba en ánimos de ofrecer declaraciones. Lo mío no es la paciencia y ya estaba a punto de largarme cuando tocó mi turno de entrar. Los generadores eléctricos costaban más que nunca. Casi a dos mil dólares. Aquellos malparidos comerciantes se aprovechaban de la necesidad ajena para hacer lo que hacen siempre. Estuve hora y media más haciendo los trámites para comprar la susodicha planta a crédito. Estaba segura de que, esta vez, tener un generador alterno no era un lujo. Se avecinaba algo grande. Se sentía la carga tormentosa en el aire.

Salí de aquel negocio casi a las nueve de la noche y con generador en el baúl del carro. Si la luz se iba otra vez por una semana, semana y media, mis hijos y yo estaríamos preparados. Me fui tranquila a dormir lo que quizás sería mi última noche bajo las aspas de un abanico, con los aires prendidos.

Al otro día, azotó María.

Calma

—Ya parece que amainó, ¿qué hora es?

—No sé, desde que la luz se fue no tengo idea.

—Parecen las cuatro de la tarde.

—Es que está nublado. Déjame chequear el celular.

—Dijeron ayer por las noticias que el huracán salía de la Isla después de las 2:30 p. m.

—¿Y tú le crees a esa gente?

—No, pero para tener una idea…

Alexia miró el celular. Eran, en efecto, las cuatro de la tarde. Ya llevábamos catorce horas sin luz.

De inmediato salimos a la terraza a hacer lo que teníamos que hacer. Ni siquiera lo discutimos. Buscamos dos escobas y una bolsa de basura de las industriales. Había que destapar los desaguaderos lo antes posible. Es la única manera de prevenir inundaciones de techo.

Los niños se habían levantado de su duermevela nerviosa. Así pasa siempre con los niños durante las tormentas. Me pasó, nos pasó a todos los que crecimos en estas islas. Durante las doce horas que le tomó a María partirnos por el medio, los niños vivieron en estupor. Dormían, se asomaban por las ventanas, se echaban a dormir de nuevo. Actúan como los animalitos que son, cansados de miedo. Se nos echaban encima a los animales adultos, a sentir el calor del cuerpo, la seguridad de los latidos en el pecho de las madres solitarias que los cobijaban de la tormenta. Esta vez, las madres éramos la mamá de René y yo.

Pero ya las ráfagas habían aplacado y había que activarse. Alexia y yo subimos a la terraza. Abrimos las puertas corredizas que daban a los patios destechados. Todas las plantas ornamentales de mi terraza yacían en el suelo. Tierra por doquier. Una rama del roble del patio vecino había caído en nuestro techo. Los desaguaderos se taparon con las hojas de los árboles arrasados por la ventolera. La terraza estaba llena de arena. Era como si tuviera una playa privada en mi techo. Vivo a dos cuadras del mar y el mar se metió a mi casa. No el agua de mar, sino ese mar poroso que también es la arena. Un plafón de madera flotaba en el agua estancada. Teníamos como seis pulgadas de agua que no encontraban por dónde salir.

Lanzamos la rama por el balcón. Luego, agarramos el plafón de madera y también lo arrojamos por la borda.

—No te vayas a raspar las manos. Mira que no creo que sea buena idea caer en un hospital después de tanto destrozo.

—Nena, ¿y sin luz? Las bacterias deben estar mutando en super-monstruos enanos. Entras por una dolama y sales como con veinte infecciones.

Sacamos las hojas de los desaguaderos, primero con las manos, después metiendo el palo de la escoba por el tubo hasta que sentimos que el tapón de arena y ramitas se deshacía. Borbotones de agua comenzaron a desbordarse en un chorro intenso. Vi frente a mis ojos algo que ya era olvido. La espalda de mi madre mojada y dura, sacando agua con la escoba de la marquesina inundada, acompañada por el sonido de los desaguaderos del techo botando chorros de agua de lluvia. Yo me bañaba en ellos. 30 de agosto, 1979. Otro huracán. ¿Cuál era ese? Federico. Siete muertes, sobre ochocientas familias sin hogares. A nuestra casa le entró agua hasta la cocina. Las alcantarillas se taparon calle abajo y provocaron inundación. Todos los vecinos tuvieron que esperar a que se aplacara el viento para bajar el río en que se convirtió nuestra calle, que en partes de la urbanización lle-gaba más arriba de la mitad de las casas. Mi madre, su espalda dura y mojada, los chorros de agua. Ahora, treinta años después, yo igual.

Nos tomó hora y media limpiar la terraza. Sacamos agua y arena. Levantamos los tiestos. Pusimos de nuevo el juego de sillas y mesa de metal en la esquinita donde antes el roble nos cobijaba con su sombra. El roble herido. Había quedado despelusado, sin una hoja en sus ramas que se revelaban artríticas, goteando un agua prieta llena de hollín y de arena y de pedazos de corteza cortada.

¿Tan duro había soplado el vendaval?

—Vamos a ver si el televisorcito de baterías coge señal para poner las noticias.

Entramos y nos sentamos a la mesa de adentro de la terraza, mesa de la biblioteca donde yo subí durante las pasadas doce horas a fumar, lejos de los niños. Alexia los velaba dormir, o jugar PlayStation, o mirar un libro. Unos segunditos tan solo. Yo subía a vigilar que no entrara agua en mi terraza biblioteca, que no se me mojaran los libros, las miles de libretas donde voy tomando apuntes, cocinando mis novelas, que no se abrieran las puertas de madera que habíamos fijado con una tranca improvisada. Una manguera de goma apretaba en cruz dos palos de escoba de metal. No encontré nada mejor para asegurar que no se abrieran aquellas puertas.

Después de fumar y de vigilar un rato cómo soplaban los vientos, volvía a bajar. Asumía de nuevo el personaje de madre en control. Cerca, siempre cerca de los niños. «Yo creo que ya está pasando lo peor. Esto se acaba ya. ¿Tienen hambre? Les caliento un poquito del espagueti que hicimos ayer?».

Nos sentamos ambas a intentar ver las noticias. El televisorcito prendía. Cogía sonido, pero no imagen. Desistimos de sintonizar algún canal de televisión. Nos pusimos a buscar alguno de radio. El aparato solamente cogía una estación: WAPA. El resto era estática. Nada, no se sabía nada. Por media hora solo escuchamos advertencias de que aún no habían pasado suficientes horas y podían entrar ráfagas repentinas de viento. Que no saliéramos a la calle hasta después de las 4:30 de la tarde. Que nos siguiéramos protegiendo del vendaval.

Pero ya eran las 4:00. Ya no se oía el aullido del viento.

—Ay, ya…, vámonos a ver por ahí.

Alexia, con los ojos brillosos, no podía ocultar sus ganas de hacer maldades de nena chiquita; de tirarnos a novelerear después del paso del monstruo, como habíamos hecho siempre. Es rito Caribe. Primero, aguantas el susto de los vientos, su extraño aullido, intentas descifrar ese quejido de árboles rompiéndose, techos volando. Te maravillas, asustada, pero con asombro ante tanta majestuosidad. Luego te asustas, consciente de lo pequeño que es todo. De lo frágil que puede ser el hogar que has levantado, que de repente recuerdas, no es para llenar de cosas, sino para protegerse de las tormentas, del sol, de la furia desatada de los elementos. Compruebas que estás a salvo. Descansas de tu propio asombro y de tu propio miedo. Pasa el vendaval. Luego sales a mirar destrozos, a ver qué logró tumbar la fuerza de la naturaleza. Así siempre hemos hecho los que vivimos en esta isla, Puerto Rico, la llave del Caribe, la menor de las Antillas Mayores, la mayor de las menores.

Pero los huracanes de antaño no soplaron con mucha fuerza. Al menos, no en la capital. Alexia y yo nos creíamos a salvo. Éramos dos madres solteras que habíamos logrado vadear este huracán juntas.

—Y tú, ¿dónde lo vas a pasar?

—No sé. Mi tía insiste en que me vaya con ella a Guaynabo. Pero me vibra que este huracán azota fuerte.

—Yo ya estoy resignada a lo que venga.

—Este nos parte por el medio. Tú sabes que Irma lo pasé a dos calles de casa. Te conté, ¿verdad?

—Un poquito cuando nos encontramos en el To-Go. Todavía no llegaba la luz.

—Siete días, nena. Una semana sin luz y ahora esto. Las tinieblas nos arroparán para largo. Cuando Irma, los panas prendieron planta y se la pasaron viendo juegos de pelota y películas en el plasma de la sala con el aire acondicionado encendido. Bueno, ellos se entretuvieron. A mí me daba cosita estar allí, tú sabes… Pero son gente buena, con sus particularidades, digamos cegueras, pero buena. En aquel apartamento, aquello ni se sintió. Pero este…

—Quédate con nosotros, Alexia. Yo no sé tú, pero no me gusta la idea de pasar el huracán sola en casa con los nenes. Estoy segura de que no nos va a pasar nada, pero igual…

—Igual…

Yo ya había cocinado chuletas a la jardinera, arroz y pasta. Había que asegurarse de que teníamos comida lista para al menos dos días venideros. Alexia llegó a la tarde noche, después de asegurar como pudo lo que le quedó de apartamento después de Irma. Se le habían roto varias ventanas. No valía la pena poner tormenteras. Igual iba a entrar el agua. Así que trepó sus muebles sobre bloques de cemento. Aseguró puertas. Movió sillas, libros y papeles importantes al pasillo de la casa, lejos de las ventanas. Bajó cuadros. Todo lo que había hecho para Irma, lo tuvo que volver a hacer para María.

Mi amiga vivía en un *penthouse* justo a una cuadra del mar, en el piso veintiuno. Pero no era rica como la gente que usualmente vive en los *penthouses* de Parque del Océano. O sí lo fue, pero ahora no lo era y a la vez, sí. Vivió toda su vida al borde de la riqueza, dentro y, después, rozando la más contundente destitución. Sí y no. Adentro y afuera. El caso de Alexia es de difícil definición y de difícil recuento. Igual que el mío.

Su apartamento con vista ininterrumpida al mar, en el piso veintiuno del lujoso edificio Prila había quedado inundado después de Irma. Quién sabe cómo quedaría después de María, huracán categoría cinco, de los más poderosos en pasar por estos lares. Me preocupé por Alexia. Por eso la invité a casa a pasar el vendaval. Mentira, no fue tan solo por eso. Ya me había chupado los siete días sin luz y las tres o cuatro horas de viento y lluvia de Irma encerrada con los nenes, sola. Si podía evitarlo, no iba a pasar ese encerramiento de nuevo.

Es curioso lo que pasa con los huracanes. Se cortan todas las conexiones existentes, se forman otras.

«Estoy aquí abajo», me texteó.

Bajé a abrirle el portón.

—¿Y René?

—Lo llevé a casa del padre. Allá va a estar más cómodo. El edificio del papá tiene planta, internet, tiene de todo.

Desde los nueve años, quizás desde antes, Alexia formó parte de la afamada compañía Ballets de San Juan. Luego ha sido miles de cosas. Aficionada al alpinismo, viajera incansable, investigadora social comunitaria, miembro de la Coalición de Personas sin Hogar. Estudió un doctorado en psicología clínica, trabajó en el Departamento del Estado, en otras agencias de gobierno. Luego, se casó. Por más de diez años, se dedicó a fungir como *project manager* del negocio de remodelación de apartamentos que inició con su ahora exmarido, el padre de René. Y René, el hijo de Alexia y del susodicho desarrollista, era amigo de escuela de Lucián.

El padre de René era, es, o sigue y no siendo ingeniero. Es decir, que no dice expresamente que se dedica a la construcción. Asuntos turbios. Siempre hay gente que le saca provecho a la turbulencia, sobre todo a la que logra provocar en los demás.

El padre del ahora exesposo de Alexia murió de una forma terrible, accidente aéreo en medio del Caribe que hizo primera plana en los periódicos. Entonces, de correr una modesta compañía de construcción, el exmarido de Alexia pasó a convertirse en *trust-fund baby*, heredero de muchísimas propiedades y contratos. Dos edificios de apartamentos. Varias casas. *Deals* para remodelación de torres de aeropuertos, contratos de construcción y remodelación en toda la Isla de cuando el gobierno decidió privatizar los centros de salud pública para su «actualización profesional y estructural y buen manejo en manos de la clase empresarial más apta para ofrecerle servicios al ciudadano». De su padre le quedó, además, el dedo pulgar de la mano izquierda. El resto de su cuerpo se lo comieron las tintoreras. Solo ese huérfano pulgar pudo ser recobrado, la identidad del abuelo de René confirmada y debidamente sepultada en el panteón familiar.

El padre de René se dio a la bebida. No que antes no bebiera, pero su afición se agravó. Adquirió, además, la propensión de pegarle cuernos a Alexia con excompañeras de colegio, solteras o casadas, mujeres miembros de los círculos de sociedad en los que lo movía su nueva riqueza. También intentó desviar dineros de las cuentas del negocio de ambos a fondos fantasma propios, mientras le pasaba deudas adquiridas en situaciones poco claras a las cuentas de la compañía de bienes gananciales en que se convirtió su matrimonio. El padre de René bebió, malversó y traqueteó mientras René nacía. Pegó cuernos mientras Alexia lactaba, y así penaba la terrible muerte de su padre, augurio de lo que le esperaba en vida propia. Ni se enteró de que él se había convertido en padre y se debía a otras cosas que a su penar.

A los machos les da con eso. Con encapricharse con el dolor; con hacer doler a la pareja que los ha hecho. ¿Para qué? ¿Para que todo se viniera abajo con su pena, con él en semiconsciencia de los hechos;

impune, pero con testigos? Aquella mujer debía sufrir lo que sufría él. A fin de cuentas, era la extensión de sus negocios, de su descendencia y de sus sufrimientos. Por algo se habían casado. Por ello, debía callar y soportar todas las manifestaciones de su dolor. Él la había hecho rica y madre. Él la había salvado de ser una bailarincita, una chica que estudió psicología por aquello de decir que había ido a la universidad. Durante los años buenos, él la acompañó a viajar el mundo (Vietnam, Indonesia, Rusia), a escalar los Himalayas, dado un oficio concreto, algo real y no en esa vaina que no sirve para acumular riquezas; esa estupidez de andar escuchando los sentimientos de los demás; jodidos, debiluchos sentimientos. La convirtió en su administradora. ¿Qué más quería? Ahora que aguantara las extrañas circunstancias de su penar.

O quizás no fue eso lo que pasó. Pero pudo haber sido. Quizás fue otro el orden en que el exmarido de Alexia se convirtió en un monstruo. A fin de cuentas, el cuento no me lo contó Alexia. Lo tuve que inferir yo, al compartir días y noches sin luz con Alexia en mi apartamento. El sentido del tiempo después de los huracanes se trastoca. También el sentido de la realidad.

—Vámonos, niños. A la calle.

—*Wait a minute, what?*—preguntó Lucián, todavía embebido en su sopor después del viento.

—Que nos vamos a mirar lo que hizo el huracán. Aidara, Luc, hay que ponerse zapatos cerrados, pantalones largos y abrigos. Aidi, tráete tu capa de lluvia. Vamos a ver cómo quedó el vecindario.

Bajamos las escaleras y caminamos hasta el fondo de la cuadra, allí donde se veía el mar. Arena, arena, arena, arena. Todas las palmas en el piso, las uvas playeras, los icacos, desgarrados, con las raíces expuestas, hecho el verdor un revoltillo de ramas en el parque. Lo que antes era barrera natural había caído. Con razón los vientos depositaron tanta arena dos cuadras más arriba.

Al final de la calle había un lago. La arena había tapado las alcantarillas y no se podía pasar. El agua nos llegaba a las rodillas.

—Que se chave.

Alexia era la única que se había puesto botas de goma.

—Rescatadas de la vida de la construcción. Recuerda que yo entiendo el cemento.

Vadeó el agua del final de la calle. Cruzó hasta la acera opuesta.

—Por acá está llanito.

Los nenes y yo nos tiramos a cruzar el charco. A Aidara el agua le llegaba hasta un poco más arriba de las rodillas, pero no hasta las ingles. Las ingles no. Esa agua no había estado ni dos horas estancada, pero quién sabe cuánta paloma muerta criaba caldos de cultivo en el bache al final de la McLeary, en Parque del Océano.

Doblamos hacia la derecha, hacia donde queda el edificio de apartamentos de Alexia. Nos asomamos desde abajo. El panorama no parecía alentador. El elegante edificio Prila, de blanco impecable, ahora parecía un esperpento amarronado y verdoso a causa de toda la clorofila y lodo que habían ido a chocar contra sus muros. La piscina tenía pies de arena en el fondo. Una verja que delimitaba predios se había venido abajo en medio de la carretera.

—Esa es la reja de la azotea de mi casa.

Un enredo de metal había caído desde lo alto y agrietado el cemento de la verja. Miramos pasmados el destrozo, en silencio.

Caminamos hasta el estacionamiento del otro lado de la fachada del Prila para ver que una nevera había caído de quién sabe qué piso contra el pavimento.

—Ay, Mayra, mira, el estucado del techo le cayó encima al parabrisas de mi carro.

Desde afuera, desde el lado, desde el estacionamiento, veíamos puertas de cristal que habían explotado.

—Ese es el apartamento de Rosarito.

El viento arrancó de cuajo las ventanas y la puerta de cristal del piso diecinueve, donde vivía la quizás única amiga de Alexia en todo el complejo vecinal del Prila. A Alexia nunca la habían querido bien sus vecinos. Se notaba que no era del todo «de sociedad». Que era, pero no era, que quedaba adentro y afuera de aquel exclusivo círculo. Pero Rosario, la dueña del *laundry*, y Alexia se habían querido siempre.

—Espero que esté bien. La voy a llamar horita, a ver si entra señal y puedo hablar con ella.

Mis hijos y yo contemplamos el destrozo calle abajo.

Árboles antiguos cerraban el paso de la McLeary. Postes de la luz habían caído al piso. No quedaba ni uno en pie. Cables muertos se enredaban entre las ramas arrancadas por el vendaval. Había que caminar por el centro de la calle, vadeando escombros. Las verjas de edificios, cristales rotos y letreros de aluminio alfombraban las aceras.

—No vas a subir a tu apartamento ahora, ¿verdad? Vamos a caminar un rato a novelerear. Después, cuando prendan la planta, subimos.

—Dale, sí.

Las dos sabíamos que nos estábamos mintiendo. Ni Alexia ni yo estábamos preparadas para asimilar el destrozo que iba a ser aquello, si quedaba algo de su apartamento.

Caminamos unas cuantas cuadras más. De repente, nos topamos con lo inaudito. Al principio de la calle Yardley Place, a cuatro cuadras de casa, la calle estaba totalmente inundada. No se veía ni acera, ni calle, ni cuneta, ni carril de brea. El agua llegaba hasta mitad de las casas. Algunas parecían abandonadas, con los portones abiertos y las puertas descuajadas de sus goznes. Otros vecinos contemplaban la hecatombe desde la segunda planta de sus hogares. Allí empezaban a tender telas que chorreaban agua. Eran toallas, mayormente, con las cuales habían intentado detener lo indetenible.

—Vamos a seguir por la Loíza —propuse.

Subimos una cuadra más arriba e intentamos llegar lo más lejos que pudimos por el área aledaña de la calle Loíza, que no se había inundado. La Loíza ya era otro panorama. Allí, a una cuadra apenas, nunca hubo árboles frondosos, ni mansiones *art déco*, ni calles residenciales. En pie quedaban las barras, zapaterías, chinchorros, billares, farmacias y puteros. Tal parece que la Loíza había sobrevivido, orillera, a ras del suelo, como era.

Pasamos la Farmacia Americana. Los dueños tomaron la precaución de tapiar las vitrinas con madera en vez de con tormenteras *fancy* a las que se hubiera llevado el viento. La farmacia había sobrevivido al embate de los vientos. Pero la gasolinera no corrió igual suerte. Del rótulo iluminado que deletreaba su nombre y los precios de la gasolina, quedaba en pie una sola letra. Había que brincar de cristal roto a madera descuajada, a amasijo de plumas y tripas ensangrentadas, a carro desquiciado intentando llegar no sé a dónde.

«No hay paso. Por la McLeary no hay paso», gritaban las voces.

Empezaba la gente a medir la magnitud de la destrucción y de verdad a asustarse. A los más prácticos se les veía pensar qué herramientas debían bajar de sus casas o talleres, para iniciar la lenta tarea de limpieza y reconstrucción.

Alexia, Aidara, Lucián y yo caminamos el barrio entero, hasta la esquina del Walgreens, posterior a la famosa panadería de lujo Kasalta. La Kasalta estaba bajo agua. Aquello era, definitivamente, un lago.

Una ráfaga imprevista le quitó a Aidara la capa de la cabeza.

—Mejor volvamos.

Caminamos de vuelta a la casa. Ya la gente empezaba a salir con escobas, machetes y botes de basura. La medida de la debacle era demasiada. Había que empezar por lo cercano. No había señal en los celulares. No había internet. No teníamos noticias.

—Dicen que no hay paso hacia el sur de la Isla. Toda la autopista está cruzada de árboles y postes eléctricos —oímos en la calle.

De repente, la realidad se nos convirtió en aquello que veíamos, que escuchábamos. No eran imágenes en pantalla ni voces por la radio, sino lo cercano. Las ramas, los árboles caídos, las calles anegadas, los pájaros muertos. El destrozo, el destrozo, el destrozo. Doblábamos la curva. Allí estaba. Caminábamos por la acera. También. Intentábamos vadear charcos. Nos agarraba algo por los tobillos. Era la arena, vuelta cristal molido, inundada y con hojas, enredada en cables de la luz, en lluvia y aluminio. La segunda naturaleza que era la cuidad se había roto y estallado en pedazos.

Ya nada era virtual.

Subimos las escaleras de casa. Aún había luz en el cielo. Eran apenas las cinco de la tarde. Nos tardamos una hora en hacer un recorrido de veinte minutos. A mi casa no le había sucedido nada. Ni una ventana rota, ni una puerta fuera de sitio. Ni un gozne partido. Ya el agua que amenazaba con empozarse en el patio de la terraza había sido debidamente barrida. Ya las hojas y la arena desaparecieron del campo de visión.

Sacamos una hamaca, o más bien una neohamaca, que habíamos tenido la previsión de montar en su arnés de aluminio unos días antes, durante Irma. Subimos velas y linternas. Yo ya tenía dispuesta

48

la bombona de gas y una estufita de dos hornillas donde calentaría la comida que había preparado el día anterior y que conservaba fría en la nevera herméticamente cerrada, con varias bolsas de hielo adentro, y ahora, sin luz.

—Vamos a comernos algo. Por lo menos, ya pasó lo peor.

Lucián se sentó a contemplar el paisaje que se podía ver desde nuestra terraza. Cristales, cables en el piso, árboles caídos.

—Mamá, ¿y ahora?

—No sé, Luc. Ahora, supongo, un día a la vez.

—No va a llegar la luz en mucho tiempo.

—No lo creo.

Entonces, y solo entonces, mi hijo se echó a llorar.

SEGUNDA PARTE

Las muchas voces

Paxie Córdova, Hatillo

Dicen que van por sesenta y cuatro. Pero yo creo que los muertos son más. Lo que el país había echado para alante en estos pasados diez años, en doce horas los ha echado para atrás. Puentes caídos, Mayra. No queda ni un solo puente en pie. El de Yabucoa, los puentes de Utuado, derrumbados como si fueran de cartón. Al flotante de Naranjito se le rompieron los tensores de metal. Suerte que no le pasó nada al de San Lorenzo. Pero inclusive el de Bayamón tiene partes que no son muy seguras. Si te vas por debajo, ves las varillas saliéndose, rotas. Está fracturado a la altura de la salida 88, la que da hacia el almacén de los uniformes y hacia Costco. No hay paso hasta Orocovis. Lo que antes tomaba treinta minutos de trayecto, lo tuvimos que hacer en cuatro horas. Las carreteras de los cerros están llenas de fango. No hay paso, Mayra. No hay paso. Saca a tus hijos de la Isla. Yo ya llamé a mi hermana para que empezara a hacer los trámites para sacar a la vieja de acá. Milagro que encontré señal. Allá en la montaña hay pueblos enteros incomunicados. No sabemos con lo que nos encontraremos una vez se abra vía hacia las carreteras vecinales.

La mejor descripción se la oí a un soldado que acaba de llegar en misión de rescate. «Aquí acaba de caer una bomba atómica, solo que no murió la gente que se supone que muriera».

Cuando se abra el paso desde los campos, San Juan se va a convertir en un episodio de *The Walking Dead*.

Elaine. Agente de bienes raíces

Fue como si el huracán succionara la puerta con un chupón. Esa puerta jamás se abría por nada ni por nadie. Ni los vientos de Irma la hicieron temblar. Ni los de Hugo. Pero María la arrancó de cuajo. Yo estaba con mi hermana. La convencí de que no pasara sola el temporal. Somos ella y yo solitas las que quedamos de la familia.

El huracán se nos metió en la casa. Nos arrastró juntas hasta el balcón. También arrancó el poste de la luz de frente a la casa. El poste voló por los aires llevándose toda la cablería eléctrica del hogar. Ahora tengo que resolver toda la electricidad de la casa. Toda.

Pensábamos que íbamos a salir volando. No sabíamos por dónde entraba el aire, si por los rotos de las tuberías o por las puertas arrancadas. El viento nos azotaba desde distintas direcciones.

Mi hermana y yo nos abrazamos a las rejas del balcón para no chocar contra las paredes, resbalarnos en el piso lleno de agua. El agua nos salpicaba en la cara y parecía vidrio molido.

Pero ya pasó lo peor. Ahora que intento de nuevo trabajar, vendiendo casas, que es mi negocio, me encuentro con listas inmensas de viviendas reposeídas por el banco. Algunas están en muy malas condiciones, otras no. El huracán destapó las que tenían problemas estructurales serios o las que se hallan en zonas inundables que antes no se consideraban bajo ese riesgo.

Aun la gente que no perdió casa, pero que ya tenía problemas pagando hipotecas, se está yendo del país. Dejan las casas abandonadas. He hablado con varias amigas que me comentan asombradas: «Yo no sabía que en Puerto Rico había tanta pobreza». Y yo me pregunto: ¿En qué mundo viven estas personas? Pero no hay peor ciego que el que no quiere ver.

Todavía no logro dormir bien. Cierro los ojos y siento alfileres hincándome la cara. Tengo un cansancio sin explicación. Ahora debo resolver lo de la electricidad de la casa. Pero se me hace difícil encontrar por dónde empezar. Y eso que arreglar y vender casas es mi negocio.

Lo más que me afecta es saber cuánto sufre la gente.

Janice. Esteticista

Yo no le tengo miedo a los huracanes. No sé por qué. Es que he pasado tantos. Cuando Hugo, yo tenía quince años. Imagínate, una chamaquita sin conciencia. En casa no perdimos nada y estar tres meses sin luz se me hizo una experiencia para aventurear. Así que a mí el viento no me asustó.

Ya de madrugada, me acosté a dormir, aunque la puerta del apartamento hacía un escándalo con el traca-traca-traca de las ráfagas. A los huracanes no les tengo miedo, pero mi esposo, sí.

Como a las tres de la mañana empezó a meter suministros al baño, botellas de agua, la compra. «Janice, coge al nene que nos vamos a encerrar aquí, por si se zafan las puertas». Estaba bien nervioso. Yo intenté calmarlo. Pero me pegó el nerviosismo.

Porque a lo que yo le tengo miedo es a los tsunamis, y nosotros vivimos bien cerca del mar.

Gracias a Dios que, aunque se nos metió agua a la casa, no nos tocó un golpe de agua y no perdimos nada.

Aurelio Chévere. Ingenio Toa Baja

Me levantaron los gritos de mami. «¡Junior, se nos está metiendo el agua en la casa!». Yo busqué una camisilla y salí a chequear. Ya el agua del caño estaba a la altura de la marquesina. «Saca el carro». Entré corriendo a buscar las llaves. Saqué el carro de la marquesina y cuando lo bajé a la calle, ya el agua entraba al patio de casa. Pisé el pedal y aun así el carro no se movía. Le empezaba a entrar agua por el *muffler*. Pero le di duro y empecé a maniobrar el guía hasta que el carro avanzó y lo pude sacar hasta la calle principal y meterlo en la lomita del *parking* de la escuela. Como la Otero queda en el medio del valle de Ingenio, hasta allá el agua no iba a llegar.

Mami andaba levantando gente para sacarla de sus casas. Ya tenía a veinticinco familias afuera, pero no sabíamos a dónde meterlas. «Vamos a llevarlos para la escuela. La escuela tiene tres pisos y allí no nos alcanza la inundación». Para allá cogió Mami en lo que yo volvía a casa con el agua hasta la cintura para buscar el kayak y sacar más gente. Pasé por la casa de un vecino que necesitaba ayuda para romper una ventana y sacar a la nena para que no se le ahogara dentro. Ya el agua le había trancado la puerta y no podía abrirla, porque el golpe de corriente podía entrar y acabar de inundarle la casa con toda su familia adentro. Los sacamos en kayak hasta la loma de la escuela. Ya los vecinos habían tumbado el portón y empezaban a acomodarse en los pisos de arriba.

Yo volví en kayak cuando un golpe duro de agua nos tiró por la borda. Estuve una hora entera agarrado de un poste caído que cerraba el paso de la calle hacia la avenida. Nunca me había pasado una cosa como esa. En verdad creía que me iba a morir.

Arnaldo Cruz Malavé. Profesor en Fordham

Yo no quería sonar desesperado, pero llamaba y llamaba y nadie cogía el teléfono en casa. Mi mama ya está viejita, pero es una mujer independiente. Tuve que recurrir a las redes sociales. Postié una foto de la casa de mi madre en San Sebastián del Pepino. Pregunté a quien viera la foto si sabía algo de ella. No entraban llamadas, ni mensajes siquiera. Así que, después de como once horas, logré conseguir reserva para un pasaje de avión.

Los días hasta el embarque me los pasé pegado al teléfono. Llamé a vecinos, a agencias del gobierno, a todo el mundo que conocía, a ver si recibía noticia alguna de mi madre. A los siete días una tía me logró llamar, porque salió a un descampado en donde, por casualidad, se recibía señal. Mami estaba bien. Me la traje a ella y a mi tía a casa.

Ella está loca por regresar a la suya, pendiente a si reestablecen la luz en su vecindario. Yo no sé si la quiero dejar regresar, pero imagínate lo que es eso para una mujer que toda la vida ha tomado decisiones propias, dueña de su casa y de su destino, que sigue sus propias reglas.

No sé. No sé cuándo la envíe de vuelta. Pero, por otra parte, no la puedo privar también de su regreso.

TERCERA PARTE

Ciudad *zombie*

Carritos de compra viejos. Carritos de compra robados de los estacionamientos de los supermercados. Carritos de compra empujados por cuerpos esqueléticos llenos de llagas. Sobre la brea rechinaban las ruedas carcomidas de decenas de carritos de compra. Andaban repletos de planchas de zinc o de aluminio que se habían caído de los techos. De debajo de los puentes, de edificios abandonados, callejones anegados, salieron los adictos con sus carritos de compra y su carga de escombros. Habían sobrevivido a la tormenta a vena hambrienta, quizás sin la cura que los hubiera ayudado a enfrentar todo aquel destrozo. Quién sabe cuántos murieron ahogados o aplastados por los leves zaguanes que les sirvieron de refugio. Quién sabe cuántos fueron arrastrados por las ráfagas. Pero, al segundo día del embate de los vientos, los que sobrevivieron salieron de sus escondites. Había que hacer vendimia. Por algo cayó al suelo todo ese aluminio que podrían ahora vender en las estaciones de reciclaje. Les pagarían con creces. Pero las estaciones estaban cerradas. Entonces, ¿qué hacer? Había que poner a salvo la cosecha de metal. Ver dónde la podían guardar para que otros adictos no la robaran. Iba a ser fácil encontrar alguna casa abandonada dónde almacenar toda aquella riqueza. Muchos partieron hacia refugios. Otros atestaban el aeropuerto en espera de que llegara la luz a las torres de control y aparecieran vuelos que los sacaran a casas de familiares en el Norte. Costillares apenas cubiertos por pieles amarillentas empujaban carritos de compra por las calles desoladas de la cuidad. El costillar de los adictos emulaba el varillaje de los carritos, igualmente mohoso. Las avenidas desiertas eran tierra de nadie. Habían sido tomadas por los adictos.

Al día siguiente del huracán quise saber de los míos, de aquellos distantes míos que aún habitaban en Sabana Abajo. Mi padre, mis tíos, los viejos de la especie no pudieron escapar del barrio. Mi hermano ya estaba a salvo bajo tierra, durmiendo su última nota de heroína. Mi otro hermano, hijo de la corteja de mi padre, también escapó del barrio. Se casó, hizo familia y recién compraba una casa en suburbia. Vivía en Ciudad Jardín, un complejo de viviendas con control de acceso a las afueras de la ciudad. Ese tampoco tendría luz por largo rato, pero las edificaciones en las cuales vivía eran seguras. La urbanización fue construida a prueba de huracanes.

Mi primo Nuni y familia vivían cerca de mi hermano. Aquellos eran también prósperos negros de clase media que habían dejado Sabana Abajo atrás, él, trabajando como bestia en su tienda de efectos electrónicos; su esposa, como contable de una cooperativa de ahorros. El único hijo de ambos, Alec, mi sobrino, estaría ahora gozando de muchos días sin clases. No tendría que agarrar el tapón que se forma por las avenidas para llegar temprano al colegio privado, y luego a tutorías, clínicas de baloncesto, grupos de aceleración de cursos preuniversitarios en que lo tenían apuntado para salvarlo de la precariedad.

Pero ¿cómo la habrán pasado mi padre en su casita construida a la vera de los mangles, mi tío, mi tía Hilda? Tío Engue es paciente de cáncer. Mi padre lleva marcapaso y sufre de diabetes. Aun así, todavía se mantiene fuerte. Se casó por tercera vez con una mujer pocos años mayor que yo. Nereida. Esa es otro pichón de mujer que nunca retolló por parir temprano, casi niña. Sus hijos ya la han hecho cinco veces abuela. Mi padre la sacó de un residencial público gracias a uno de esos cultos en que funge como predicador de almas perdidas. La hizo «renegar de su vida de pecadora y nacer de nuevo en la Palabra del Señor». Es decir, que la Nereida es, a la vez, su hija y su esposa, según explica cuando la presenta. Cuento muy revelador.

La precariedad estacionaria no es tan solo falta de recursos y de oportunidades. La verdad, no la entiendo bien, pero sé que existe y que requiere de la participación activa de sus habitantes. Habitantes de la precariedad. No tan solo es víctima el hombre.

Ya eran las doce del segundo día de haber sobrevivido al huracán. Supe que era mediodía por la luz que azotaba contra las ventanas de la casa, aunque podía ser más temprano. No teníamos dónde corroborar la hora. Se habían quedado sin carga nuestros celulares. La planta en casa no prendía. Alexia y yo habíamos leído las instrucciones y repasado los diagramas que vinieron en la caja del generador y, aun así, no sabíamos cómo echarla a andar. Yo la pude prender la noche anterior, la noche del primer día después del huracán. Nos regaló su rumor de luz por cuatro horas. Luego se apagó solita. Tal vez era que no tenía gasolina suficiente.

—Ale, tenemos que resolver lo de la planta para esta noche. ¿Qué tal si salgo a buscar gasolina? De paso doy la vuelta, a ver cómo anda mi papá.

—Sí, nena, yo me quedo con los nenes y les caliento almuerzo en la hornillita.

—No me tardo ni una hora.

—A saber cómo están las carreteras. Tranquila. Ten cuidado. Te espero aquí.

Bajé las escaleras del apartamento, prendí la guagua. No se le había ahogado el motor con las lluvias. Subí por la avenida De Diego hasta la Ponce de León en busca de gasolineras. Ambas avenidas se alargan flanqueadas por muchos de estos puestos, además de por gomeras, talleres de mecánica, cristalerías y *autoshops*. Son avenidas comerciales, arterias principales por donde entran y salen mercancías de los puertos. Todo importado. Todo puede cambiar de mano a la más breve provocación. Me topé con los adictos. Nunca había visto tantos a plena luz del día.

Casi todas las gasolineras estaban cerradas. Los vientos que entraron por la bahía habían roto letreros, doblado techos, agrietado escaparates y vitrinas. Parece que, en medio de los vientos, o poco después, la noche siguiente, había habido saqueos. Encendí la radio del carro. No se oía más que estática. No lograba capturar señal.

Desde el cruce de la Ponce de León con la Roberto H. Todd, rumbo a la avenida Fernández Juncos avisté una gasolinera que parecía estar abierta. Una fila eterna le daba la vuelta a la cuadra y se extendía carretera abajo. Me estacioné cerca de la fila. Quería preguntar cuál era el estatus de los despachos.

—Estamos esperando a que llegue señal y puedan abrir caja. El sistema está caído, pero dicen que en cuestión de minutos podrán despachar.

—¿Minutos? Yo estoy aquí desde las tres de la mañana —comentó otro de los que hacían fila—. Esto va para largo, nena. La fila comienza casi en el expreso, cerca de Walmart.

Miré a lo lejos. Un infinito de carros apagados brumaba contra el sol. Adentro, afuera, en la acerca, sentados sobre los bonetes, esperaba la carga humana. Muchos habían bajado con la familia completa para poder trabajar en equipo. Unos hacían la fila de la gasolina para las plantas, que era a pie, mientras otros esperaban turno en la fila para llenar tanques de carro. Los demás se ocupaban de conseguir agua o alimentos para poder mitigar la espera. Había madres con hijos, escuadrones de mujeres al cuidado de tres o cuatro muchachitos, adolescentes en rolos mascando chicle o pegadas al celular que cargaban con el motor del carro. Abuelas sentadas en silla de playa bajo sombrillas. Hombres solos bebiendo cerveza. Recordé el infierno de la fila para comprar la planta que ahora no prendía. No iba a gastar las pocas horas que tenía en lo que relevaba a Alexia del cuidado de mis hijos; cachorritos que necesitaban calor de madre para ubicarse en el mundo que nos dejó el huracán. Además, mi papá. Iba a gastar más gasolina llegando al fondo de la fila que yendo a averiguar si a mi padre le hacía falta algo.

Me regresé por la misma Ponce de León, esta vez hacia la avenida Baldorioty. Mi plan era bordear el aeropuerto, la laguna San José y seguir directo hacia Carolina hasta llegar a la casa paterna. Sabana Abajo, barrio de negros retintos, sus moradores eran los descendientes directos de antiguos braceros de la Central Victoria. La demografía no ha cambiado demasiado.

A la altura del residencial público Llorens Torres, el caserío más grande de la Isla, un enorme lago se comía la Baldorioty. La bomba que se ocupaba de chupar las aguas usadas de ese residencial y áreas limítrofes en Isla Verde se había averiado cuando las lluvias se empozaron en la carretera y no encontraron por dónde salir. Los carros que intentaron cruzar el charco, creyéndolo de poca profundidad, ahora flotaban en medio de la avenida. Algunos conductores, con el agua hasta más arriba de la cintura, intentaban empujarlos.

Contra todas las leyes de tránsito conocidas, puse la guagua en reversa, di la vuelta y comencé a pensar cómo podría llegar hasta la casa de mi padre. Habría que cruzar por Barrio Obrero. Agarré por la calle Tapia hacia arriba. Casitas *spanish revival* en cemento con techos de zinc se levantaban honrosas. A algunas se les había ido el techo. Ya los postes de luz, que de seguro cayeron durante el vendabal, yacían recostados al borde de las aceras. También los árboles. El barrio siempre estuvo lleno de carpinteros, contratistas, mano de obra barata. Allí no había que esperar a que pasaran los oficiales del municipio para trabajar en abrir paso por el sector.

Subí hasta la avenida Borinquen y bajé rumbo al residencial Las Margaritas. Pensé en el Gabo. Recordé la noche en que me llevó a su barrio para advertirme de con quién me estaba metiendo.

—Yo soy de aquí, negra. Del apartamento 4-D. Queda debajo de esas escaleras.

Me señaló hacia un rincón oscuro en el primer piso de un complejo de viviendas, todas iguales, pintadas de crema claro. Aquello parecía más una cárcel al aire libre que un lugar para vivir. Eso sí, todo estaba limpio y ordenado. El estacionamiento guardaba carros viejos, destartalados, otros casi de lujo. Un gran contenedor de basura flanqueaba una de las esquinas del *parking*. No había mosquero, ni pestes. Algunos muchachones o mujeres en rolos y pantalones cortos caminaban por los espacios comunales, hacia algún lugar. A lo lejos, una cancha de baloncesto acogía a un grupo de hombres. Algunos jugaban un doble cancha. Otros miraban desde los *bleachers* y fumaban, oían *reggaeton*. En la cancha no había atisbo de mujer.

—Este es espacio de machos. Mi tío era dueño del punto de Las Margaritas. Nadie se metía con nosotros. Este es un mundo pequeño, Mayra, bien chiquito. La vida es pequeña, las muertes son minúsculas. Mejor no te bajes del carro. Voy a saludar. ¿Te traigo una cerveza?

Vi desde el carro cómo el Gabo se acercaba a la cancha y abrazaba a dos o tres. Uno era un tipo en silla de ruedas, joven, sin una pierna. Habló con Gabriel unos minutos. Luego se despidieron con ese abrazo usual que he visto tantas veces prodigarse entre los machos de mi especie. Manos entrelazadas, un breve choque de hombros, palmada en la espalda. No le dije a Gabriel que conocía bien su territorio. Muchas veces había ido sola a buscar a mi hermano en canchas similares, a pedir señales de él. A ver si lo encontraba en el punto. Quería decirle que mami no dormía de la pena, de la vergüenza. Que algo le estaba pasando. No encontraba las palabras, se le olvidaban las cosas, las caras. Que ya era hora de regresar a casa. Sobre Las Margaritas pesaba el mismo aire que el de los puntos de maleantes que bordeaban nuestra urbanización. El lugar de reunión siempre era la cancha de baloncesto, sitio de machos. Allí también trinaban las balaceras cuando se desataban las guerras entre bandos de traficantes. Julito, Josué, el hermano de Carlos, Irving, mi hermano. Todos alimentaron el *bodycount* de la calle. O si no, aparecían en pastizales con moscas en la boca, como apareció mi hermano. Él también tuvo una vida corta, como la de mi madre.

Panaderías abiertas, sitios de pollo al carbón, colmados con fruta y verduras frescas. Todo parecía funcionar en Barrio Obrero. Al final de la Borinquen, una gasolinera despachaba el oro negro. No era gasolinera «de marca». Ni Shell, ni Puma. Tal vez por eso, la fila no pintaba tan larga, o tal vez era por el lugar donde se situaba. El sector tampoco tenía luz. Pero el barrio entero zumbaba bajo el rumor de las plantas. Sonreí tranquila. Ya sabía dónde volver en busca de provisiones. Para colmo de mis suertes, encontré dónde comprar hielo y echar gasolina.

Después de cuarenta y cinco minutos de una ruta que se cubre en veinte, llegué a casa de mi padre. Lo encontré leyendo la Biblia en la marquesina, sentado sobre un sillón de plástico. Muchos de sus árboles habían caído. Pero estaban todos apilados en una estiba de escombros al fondo de la calle vecinal.

—Acá todo bien, mija. Yo, que me corté un dedo.

—¿Fue con un machete?

—No, nena. Ese viento del demonio desgonzó la puerta de la cocina. Me paré para cerrarla y me pinchó la mano de golpe. Este dedo se me explotó.

—¿Vamos al hospital de área?

—¿Para qué? Eso debe estar atestado de gente. Tú sabes que yo no sé esperar. Deja que pasen unos días y que vuelva la luz. Voy y me lo chequeo.

—Papi, la diabetes. No vaya a ser que el dedo coja gangrena. No esperes mucho. Toma, te traje hielo.

—Pónmelo ahí, en esa neverita. La insulina está en la cocina. El *freezer* aún enfría su poquito.

Mi padre vive en una parcela de tierra dividida entre varias casas, todas de la familia. Antes esa tierra era de mi abuelo Cristino. Pero entonces, mi padre se divorció de mi mama, perdió su prestigioso puesto de Director de Recreación y Deportes en el Municipio de Carolina. Cambió el gobierno. Acusaron a mi padre de cargos de corrupción. Los cargos eran reales. Mi padre por poco va a la cárcel, pero todo se arregló con una multa, una reputación mancillada y un testimonio en una iglesia pentecostal donde mi padre oficialmente dejó la vida de corrupción y pecado para expiar sus culpas dedicándose al ministerio, porque el Señor lo perdonó.

Crucé la parcela de mi padre para ir a saludar a mi tía Hilda, la menor de la familia. Ella se casó con un rumbero, mi tío Guillermo, alias Engue. Siempre vivió en la casa de la madre, a donde se llevó a vivir al marido.

—Bendición, tío Engue. ¿Cómo pasaste la tormenta?

—Chacha, con un dolor… Allá fue Hilda a ver si encontraba una farmacia abierta.

—Todas están cerradas, hasta las de Barrio Obrero. La Baldorioty se inundó.

Tío Engue fumaba un cigarrillo y se acomodaba la bolsa de orinar que tenía sobre la falda.

—¿Se supone que tú fumes?

—No me vengas tú ahora con eso. Todavía estoy botando el susto del huracán. Mira cómo me dejó la terraza. Arrancó de cuajo cuatro planchas de zinc. Milagro que no la tumbó entera, con lo que costó.

—Pero a ti te operaron hace poco, tío. Será por eso el dolor.

—Estoy que no soporto. Si Hilda no encuentra los calmantes, voy a tener que ir al dispensario.

—Chequeo en la farmacia cerca de casa. Quizás la abran mañana y te llamo.

—Ya tú sabes, treinta percocets y esta otra pastilla. Llévate el potecito vacío. Me avisas si te las despachan.

—¿Sin receta, tío?

—Mira a ver si te hacen el favor.

Me despedí de tío Engue con la mano. No hizo amago de darme algún dinero para que le comprara los medicamentos. Nunca lo hacía, ni cuando tenía chavos ni cuando no los tenía. Ni en salud ni en enfermedad. Yo era la que había logrado salir del barrio. Tenía que proveer, pagar el importe de entrada si quería visitar.

Engue trabajó en labores variopintas, a veces ilegales. Tía Hilda laboraba de noche, como enfermera. La casa de la matriarca, mi abuela Julia Hernández, madre de todos los hijos, fue cambiando. Poco a poco se levantaron paredes de cemento, se le añadió un baño, ventanas nuevas, puertas de cristal, una enorme terraza, dos marquesinas. Parecía la casa de gente pudiente, más grande que la de cualquier abogado de la urbe. Sin embargo, ni mis tíos ni mi padre tenían títulos de propiedad. Pero aquella tierra siempre había sido de los Santos. Eso lo sabía el barrio entero. Cuando abuela murió, tío Engue y titi Hilda pasaron a ser los únicos propietarios de la mansión de Sabana Abajo, la de detrás del parque de béisbol y de la escuela. Ninguno de los otros ocho hermanos discutió el asunto. Mi padre se contentó con un pedazo de la parcela de su padre en la cual también construyó con ayuda de albañiles vecinos y su hermano mayor, la casa donde ahora vive junto a su tercera mujer.

Sabana Abajo creció a la orilla de los cañaverales de la Central Victoria, donde mi abuelo trabajó como ingeniero de calderas. Un día, se le apareció Julia Hernández en la casa. Era una mujer altísima, color ébano cerrado, con el pelo lacio y los ojos pequeños, como de pájaro.

—Me dijeron en el terreno de los Llanos que usted estaba interesado en vender una esquinita de su parcela. Yo soy lavandera, usted ve. Tengo con qué pagarle. Levanto un ranchón allá abajo, cerca del canal del río y no lo molesto. Pienso vivir allí con mis dos hijos.

Cuentan que Cristino era prieto montuno. No hablaba mucho. Se pasaba la vida trabajando. No se le conocía pareja. Miró a la mujer aquella de reojo. Casi tuvo que alzar la vista, porque ella era tan alta y tan fuerte como él. Apenas cruzó dos palabras, con las cuales accedió a venderle una esquina de su tierra.

El trato duró poco. Julia Hernández se convirtió en mujer de Cristino Santos al cabo de varios meses. Ya conocía hombre; al padre de sus primeros dos hijos. Ese le salió malo. Se bebía el dinero de la zafra, se restrujaba con cualquiera. Julia comenzó a hacer su plan. Ahorró los centavos que se ganaba lavándole ropas a los ricos. Se cambió de cama y se negó a intimar más con su marido, cuestión de que no le hiciera otro muchacho. Un día, el primero llegó borracho, intentó metérsele en la cama. Julia empuñó el machete que el cortador había dejado en el zaguán.

—Vaya a pegarle sus asquerosidades a las yeguas con las cuales potrea. Usted a mí me respeta.

—Pues aquí usted me cumple y me complace, o por donde mismo llegó, se puede ir.

Sin más argumento, Julia agarró a sus dos muchachos y se fue a buscar respeto a otra parte. Tal parece que Cristino la trató cabalmente. A su segundo marido le parió siete hijos más, uno de ellos llamado Juan Santos Hernández, mi papá.

Regresé a casa casi dos horas después de haberme ido. Subí las escaleras de dos en dos, azorada. Sabía que los nenes estarían bien con Alexia, pero desde el huracán se me instaló un peculiar agite en el pecho. Los nenes no debían enfrentar peligro. La calle estaba llena de ramas, de alambres mohosos, de ganchos y cristales, de baches empozados. Mosquitos. No había luz. La nevera podía convertirse en un mosquero, la planta no servía, el agua que salía por el grifo era de un aqua amarillento. Debía ubicarme y protegerlos, hasta que regresara la normalidad.

Esa tarde quería ir a ver el mar. Quizás podríamos darnos un chapuzón en la playa, si las corrientes eran propicias, pero a la vez temía que las alcantarillas con todas sus aguas contaminadas fueran a parar a esas mismas costas. En algún momento, los niños querrían hacer algo más que dormir y gravitar dentro de la casa. ¿Cuándo abrirían las escuelas? ¿Perderían el semestre? Las notas. Luc siempre estaba atrasado en matemáticas. En algún momento necesitaríamos ropa limpia, sábanas limpias. Si no llegaba pronto la luz, tendríamos que lavar a mano. Habrá que comprar un balde y una tabla de lavar.

La noche anterior dormimos todos —Alexia, Luc, Aidi y yo— en la terraza del apartamento. Abajo no se podía estar del calor. La planta prendió por cuatro horas. Tuvimos luz, usamos libros de pintar. Luc le leyó a Aidara uno de sus mangas. Nos refrescamos tirados todos en el piso, cerca del abanico. Pero después, la planta se apagó y no echó más a andar. Nos cansamos de intentarlo. El espacio de abajo abrió sus fauces de lobo. Poca ventilación, oscuridad total. Había cumplido perfectamente con su misión de ampararnos de los huracanes, pero precisamente por eso se hacía inhóspita cuando no había electricidad. Allá abajo, las linternas y las velas alumbraban con una luz corta que no daba para ver el contorno de las cosas. No soplaba ni una brisa. No tuvimos de otra. Subimos los colchones de las camas y nos tiramos todos en el piso, con las puertas de la terraza abiertas.

Dormí mal. Mosquitos, que a los nenes no los picaran los mosquitos. De seguro explotaría una epidemia de dengue o de chikunguña o de cólera. Estuve la noche entera vigilando el sueño de mis hijos, echándoles repelente en las piernas mientras dormían.

Amanecimos cubiertos de arena.

Adentro, encontré a Lucián otra vez leyendo. Lucián leyendo. Mi hijo el aspirante a director de cine y videos, sufridor de «problemas generalizados de aprendizaje y disfasia» descubría los libros. Cómo llenan el tiempo. Cómo aquietan la mente. Cómo dan hacia dónde escapar.

Aidara hacía manualidades con Alexia. Ambas yacían en el piso, mientras recortaban papel hasta formar paisajes. Luego pegaban escarcha, hacían dibujitos con marcadores de colores.

—*Where were you*, mamá? —me dio la bienvenida Lucián.

—En casa del abuelo. Vengo con el candungo repleto de gasolina. A ver si la cosa esa prende esta noche.

—Qué bueno, mija. ¿Cómo está tu papá?

—Bien. Pude conseguirle hielo. El que está mal es tío Engue. Voy a ver si agarro señal y llamo a Hildita.

—Yo te aviso si hay señal en mi apartamento, o lo que queda de él.

Miré a Alexia con preocupación.

—¿Vas a subir ahora?

—Sí, chica. Para qué seguir alargando la cosa.

El silencio se hizo brumoso, como el aire. Aidara siguió recortando formas abstractas de colores.

—¿Quieres que te ayude?

—Otro día. Con los nenes ahora, no. Si se cortan, ¿a dónde los llevamos?

—Pero tú sola no vas a poder con todo eso.

—Déjame ver si allá arriba hay señal y llamo a Clarita. Me voy ahora a averiguar el horario en que prenderán la planta. Solo subo en viaje de reconocimiento. Cuando se ponga oscuro, vuelvo para acá.

—Pero, por qué no le pides ayuda al exmarido. Él es contratista, ¿verdad? Que te mande un empleado.

—No lo consigo. No coge el teléfono, parece que no tiene señal. Quizás desde allá arriba conecte llamada.

A Alexia se le perdía la mirada.

—René debe estar bien, mejor que nosotros. Durmiendo en aire acondicionado.

—Sí, mejor. Toma las llaves de la casa.

—Esas son mis copias, mamá —refutó Aidara. Yo creí que no, pero había estado pendiente a toda la conversación.

—Alexia las necesita. Además, hasta que no vuelva la luz, no va a haber clases. No las vas a necesitar.

—Por lo menos, algo bueno sacamos de este huracán —ripostó Lucián, embebido en su lectura.

Alexia se fue calzando sus botas de goma. No había que suponer mucho para saber que su apartamento estaría inundado. Yo me quedé con los nenes en la casa. Intenté de nuevo prender la planta. No arrancó.

—Vamos a salir a ver el parque. La otra vez no supimos cómo quedó.

Convencí a mis hijos de que salieran de la casa. Cruzamos la avenida McLeary. Ya el charco que la anegaba había bajado. El parque era un destrozo. Los columpios se habían salido de sus aros, había ramas y postes tirados por todas las áreas de juego.

Otra señora andaba allí con sus niños. Otra madre solitaria, buscando qué hacer. Nos sentamos ambas en uno de los bancos de cemento. A esos no les había pasado nada. Ella estaba tan ojerosa como yo. Conversamos un rato en lo que vigilábamos el juego de los hijos.

—Mamá, voy a ver cómo quedó la playa. ¿Puedo? —preguntó Aidara que se había cansado de no saber cómo jugar en el parque de su vecindario.

—Espera. Te acompaño. Lucián, vamos a caminar por la playa. Ven.

Interrumpí mi conversación con la señora. No nos preguntamos nombres, aunque nos contamos vida y milagros en unos pocos minutos. Básicamente, nos dimos consuelo por un rato. Botamos el susto de los vientos y compartimos esta nueva incertidumbre. Estábamos demasiado cansadas para ser cualquier otra cosa que sinceras, para entrar en otra coreografía social que no fuera buscar hermandad.

La historia de la señora del parque era densa. Se me quedó rondando en la cabeza, en lo que caminaba con mis niños hacia la orilla de la playa.

El agua era de un gris plomizo. Las palmas habían caído y las que aún se sostenían en pie estaban calvas, sin la cresta de sus pencas balanceándose en la brisa. Por lo menos, a la orilla del mar sí soplaba algo de viento. La playa era otra. Badenes de arena se levantaban donde antes la orilla era lisa. Troncos de árboles muertos daban tumbos contra las olas. Un pelícano solitario planeaba cerca de la orilla. Nunca los había visto volar tan cerca.

Me topé con algunos vecinos que paseaban a sus perros. Eran dos o tres. Entre ellos, reconocí a Aurora. Hubo un tiempo en que fuimos casi hermanas, mejores amigas. Pero ahora era tan solo vecina y colega de la universidad.

Qué extraños efectos causa el tiempo en los afectos.

A Aurora le dio cáncer en el seno a los pocos años de que naciera Lucián. Se encuevó. Yo la llamé, le dejé recados. Pero la crianza de niños recién nacidos y la batalla que Aurora le ganó al cáncer nos llevaron por rumbos distantes. Aurora vivía en la calle de atrás, pero la dejé de frecuentar. A veces la veía caminando hacia el To-Go a hacer mandados. Ya no me movía acercarme. Ella tampoco se acercaba.

Allí estaba con su perro. Aurora era mujer de perros. Sonreí al verla. Nos abrazamos, todavía con amor.

—¿Todo bien, nena?

—Sí, ¿y tú?

—Nos entró un poquito de agua por una ventana que se rompió.

—¿Tus viejos?

—Sin luz. Ahí Raúl, volviendo loca a mami. Me llegó un mensaje de Condado Renace.

—¿Qué es eso?

—El concejo vecinal.

—¿Hay uno?

—Desde siempre. Antes era para fiestas, quejas y permisos. Pero, ahora, con esta hecatombe, se ha activado. Amaury es el presidente.

—¿Amaury González, tu vecino?

—Nos vamos a reunir en el parque pasado mañana a las seis. El municipio no responde ni para remoción de escombros, ni para atención de emergencias, ni para seguridad en las calles. ¿Tú sabes del hogar de ancianos que queda en la Delgetau, a tres cuadras de aquí?

—Sí, qué pasó.

—Se han quedado sin oxígeno. Allí hay viejos encamados. Tenemos que hacer algo.

—Claro. Me apunto. Pero a mí no me entra señal.

—La mejor manera es bajar pasado mañana al parque y reunirnos.

—Bajo entonces.

Los nenes se habían acercado al perro de Aurora. El anterior era un labrador rojizo. Se llamaba Coco. Este era un poodle inmenso, color arena. Lucián le dio a oler su mano, mientras Aidara le acariciaba el lomo.

—*What's his name?*

—Luc, en español. Cambia el suiche.

—Okey, mamá. ¿Cómo se llama tu perro?

—Duque. ¿Quieres bajar mañana para que jueguen con él en la playa?

—*Sure.*

—Claro —corrigió Aidara.

No me atreví preguntarle a Aurora qué había pasado con Coco. Había demasiada cosa muerta en el aire. Demasiada aceptación de la realidad.

—Bueno, Aurora, nosotros seguimos. Nos vemos pasado mañana a las seis de la tarde.

—Y no metas a los nenes a la playa. Van a desviar la inundación a las alturas del Kasalta hacia el mar.

—¿Todavía aquello está inundado?

—Sí, y va para largo.

—Alguien sabe algo de cuándo llegará la luz.

—Muchacha, tú sí que eres optimista. Pasarán semanas, quizás meses. El estimado es de tres a seis, anunciaron esta mañana por WAPA Radio.

—No puede ser.

—¿Tienes planta?

—Compré una, pero desde anoche no prende. Ya le eché gasolina, le apreté todos los botones y nada.

—En mi apartamento tenemos. Si necesitas algo, me avisas o pasa directo.

—Gracias, Auro.

Sonreímos. Nos tomamos de la mano.

—Nena, pa eso estamos, para ayudarnos. No nos queda de otra.

Matamos un poco más de tiempo caminando por la playa Lucián, Aidara y yo. Fuimos hasta Kasalta, la afamada panadería donde una vez fuera a almorzar Obama en su visita presidencial a Puerto Rico. El agua le llegaba hasta mitad de las vitrinas y el techo se le había volado.

Volvimos a caminar por la playa hacia el parque. Los nenes jugaban en la arena, tirándose y nadando en ella como si fuera agua. Luego corrían hacia la orilla. Era su costumbre.

—No se mojen ni los pies. No los quiero en el agua —les gritaba yo, nerviosa.

Cuando llegamos de nuevo al parque, una silueta aguda caminaba aproximándose hacia nosotros. De inmediato reconocí el tumbao de macho dulce de callejón, piel tostada por el sol, caoba profundo. Casi olía a aceite de maderas. Era el Gabo, que venía a visitar.

Buscando señales

—Aceite no es.

—Le acabo de echar gasolina.

—Espérate, Negra, ¿hasta dónde?

—Hasta el borde.

—Eso es. La ahogaste.

El Gabo subió a casa. Trasteaba con la planta que dormía su sueño en el mundo de las cosas averiadas.

—Dame un candunguito donde sacarle un poco de la gasolina.

Aidara se lo trajo. Lucián miraba atento lo que hacía el Gabo con su salvadora. Pronto se haría de noche. A Luc lo pone increíblemente nervioso la oscuridad. Lo ponen increíblemente nervioso muchas cosas. Lucián se come las uñas, le tranquiliza ver YouTube horas enteras, dibujar unas extrañas escaletas de historias en donde superhéroes acceden a mundos alternos a través de portales que se abren en el tiempo y en el espacio. Inventa personajes. Los pone a lograr grandes hazañas. Todos se llaman Luc.

La verdad, no creo que mi hijo tenga ninguna disfunción de aprendizaje. Creo que es un chico creativo, un poco ansioso cuando le cambian el libreto o cuando no es él quien lo escribe. Aidara es igual, pero en silencio. Ella tiene un temple diferente. Sabe ordenarse en secuencia. Lucián en saltos en el tiempo, por asociaciones sorpresivas. Las estructuras de Lucián son asociativas, las de Aidara secuenciales. Por eso Aidara se pierde menos y soporta menos a las personas. A Lucián le encanta la gente, dialogar, hablar con los perros, con los vecinos, hacer chistes, imaginarse historias. Le interesan los vínculos.

Parí dos niños tan distintos como si uno fuera el hermano extraterrestre del otro. A la verdad que lo que una aprende siendo la madre de un niño de poco sirve para la crianza del otro. Eso, si eres una madre presente, no una mujer que cumple con el accidente de parir. Yo no parí por accidente. Lo hice a propósito, para «corregir» las muertes de mi madre y mi hermano, para que aquello no quedara en un vacío. Antes, no sentí la necesidad. Parí vieja, según las costumbres de mi estirpe. En la Isla se pare antes de los veintiún años, por mujeres casi niñas. Mis dos barrigas las tuve rozando los cuarenta. Una vieja ya. Soy una mujer extraña que optó por la maternidad después de armar toda una vida profesional. Usualmente, las mujeres profesionales no les da con parir a los cuarenta, o paren y revierten a un extraño rol de madre histérica; abandonan carrera y se ponen a criar hijos. Pude haber caído en eso. Suerte que mis maridos se fueron antes de ceder a esa proclividad.

Gabo vertió un chorrito de gasolina en el envase que le trajo Aidara. Luego apretó botones, haló el yoyo y se encendió la planta. Hubo algarabía entre los hijos. Aidi salió corriendo a buscar el *multiplug*. Enchufó su computadora para que cargara. Lucián buscó el Gameboy. Conectó lámpara y abanico.

—Gracias, Gabo —lo abracé. Nuestros labios se rozaron.

¿Y esa gravitación? Gabo bajó la vista.

—Te traigo un regalo.

Caminó hasta donde había dejado tirada su mochila. Gabo siempre anda con una mochila a cuestas. De adentro sacó una bolsa sudada con medio litro de leche fresca y fría.

—Esto es oro. ¿Dónde la conseguiste?

—Tú sabes que yo soy hombre de medios, corazón.

—Te cuelo un cafecito.

—Amor mío, la leche es para los nenes. Tu regalo es esto otro.

De más profundo en la mochila, sacó cuatro cervezas aún más frías.

—Esa mochila es mágica.

—Vente, vamos a dárnoslas en la terraza. Me quedo un ratito. Después tengo que hacer la ruta del hielo. Un poquito para madre.

Otro para la mamá de Diego. Pa la vecina de al frente, que esta viejita, coño. Los hijos viven fuera.

Hablamos en lo que subíamos las escaleras. Afuera, el cielo se pintaba de colores extraños. No sonaban los coquíes. El sol caía lento por el oeste, con el cielo rompiéndose en rosados más intensos que lo usual. Sentí a Alexia abrir la puerta y saludar a los niños.

—Arriba —grité.

—Voy —contestó mi amiga.

Gabo me contaba que ya el gobierno había impuesto toque de queda, de que pasó el día anterior asegurando puertas y ventanas, poniendo de nuevo tormenteras, asegurando a las mujeres de su tribu, a sus exparejas. Todavía la planta rumiaba sus motores. Los nenes se entretenían con la virtualidad.

Alexia subió las escaleras. Gabo le extendió una cerveza. Todavía estaban frías.

—Oh, Señor, te damos gracias. Un día como hoy no se sobrevive sin una cerveza.

—¿Cómo está el apartamento?

Alexia se restregó los ojos. El pecho se me encogió.

—Cuatro pies de agua en todo el piso. Se cayó el plafón del techo. Como el ochenta y cinco por ciento de las ventanas se explotaron. Aquello es un desastre, Mayra. Suerte que yo trepé los muebles sobre bloques, que amarré bien las puertas de los gabinetes y que puse papeles importantes en el horno, para que no se mojaran. El viento tumbó la verja, un canto del plafón del edificio cayó sobre mi guagua. Va a estar de madre reclamarle a los seguros. Todos los apartamentos desde el piso quince hasta el dieciocho están así. El otro apartamento del *penthouse* también está desbaratado.

—Dale, tómate otra cervecita.

—¿Tú crees que el seguro cubrirá todos los daños?

—Qué va.

—Ay, Alexia.

—Por lo menos, todo lo que se perdió es material.

—¿Y tu nene? —la interrumpió el Gabo.

—Con el padre.

—¿Pudiste hablar con él?

—Un ratito. Está bien. Loco por verme.

—Tú sabes que te lo puedes traer para acá.

—Mejor que se quede unos días con el papá, hasta que yo, al menos, pueda sacar el agua del apartamento. Aquello está invivible. Sin él encima me puedo mover más libremente.

—Si quieres te doy una manito.

—Gracias, Gabo —dijo Alexia, ya más calmada.

Suspiramos todos, dándole un trago largo a las cervezas. Quise romper el hielo.

—Qué bueno que pasaste aquí el huracán.

—¿Lo pasaron juntas?

—Sí, somos *roommates* de ahora en adelante.

Terminamos el elixir. El Gabo se despidió dando las buenas noches y advertencias.

—La calle está boca de lobo. No quedó ni un semáforo en pie. Anoche saquearon Plaza las Américas, varias farmacias Walgreens. Como no hay sistema, no suenan las alarmas.

—¿Tan mala está la cosa? —pregunté ingenua. A mí la realidad siempre se me hace de difícil entendimiento.

—Son las cosas, mi amor. La gente anda borracha con cosas. Del Toys «R» Us de Plaza las Américas, se robaron bicicletas para todos los nenes del barrio. Las góndolas de Walgreens quedaron vacías. Hubo quien robara comida o cajas de agua, pero sobre todo arrasaron con los vinos, las bebidas, los cosméticos y hasta con los efectos escolares.

—No me jodas.

—Mañana llegan las fuerzas armadas. Corren rumores de que empiezan bandidos a robar gasolina de las plantas. Van a poner soldados armados en las intersecciones y a vigilar el diesel en los puertos para que llegue combustible hasta los hospitales.

—En mi edificio ya comienzan a racionar las horas con luz. Hay que rendir el diesel.

—Sí, Alexia, pero alguien en tu edificio debe estar conectado con el gobierno federal. Ustedes no pasarán trabajo.

—Para algo tenía que servir vivir entre tantos comemierdas.

—Aunque ahora son tantos los edificios de comemierdas corriendo con planta que algún día el diesel se va a acabar.

—Yo lo único que les pido es que tengan cuidado. La señal está mala, pero a veces me llegan mensajes allá arriba en mi apartamento. Más tarde en la semana paso a darles la vuelta. Cualquier cosa, se intentan comunicar.

—Dale, vete con calma, chico.

Gabo se acercó a abrazarme.

—Qué bueno que estás bien. Te quiero, Negra.

A las dos horas de haberse ido el Gabo, se apagó la planta. No quisimos echarle más gasolina. Había que rendir. Quizás, porque todavía la gente estaba aturdida por el golpe de los vientos, la cosa no se había puesto demasiado complicada. Pero en los días venideros, de seguro el asunto de la gasolina se pondría crítico.

Los niños subieron las escaleras acompañados por sus linternas de baterías. Tiramos los colchones al piso, abrimos las puertas corredizas de la terraza, buscando colocarnos en medio de las corrientes más asiduas de la brisa. Nos echamos agua con la manguera. Tuvimos suerte. Ese día había presión. Yo apenas me sequé la piel mojada. Que el agua se me secara sobre el cuerpo, que me refrescara un poco más. Era temprano, pero la oscuridad era absoluta. No se veía ni una luz a lo lejos. Nos entretuvimos jugando veo-veo hasta que apagamos las linternas y el sueño nos venció.

Durante los próximos días, Alexia y yo establecimos rutina. Levantarse al alba. La primera en pie se iba caminandito a hacer la fila en el colmado de la esquina. El To-Go se llenaba antes de las 6:00 a. m. Había que apresurarse si querías llegar a tiempo para comprar pastelillos de carne y pollo y café. Esta vez no era como con Irma. Ahora dejaban entrar por filtración. Había que rendir la mercancía y la electricidad.

La otra que hubiera resistido el calor de la noche, los mosquitos zumbando en los oídos, los puntapiés de los niños buscando consuelo en medio de su sueño intranquilo, empezaba a limpiar. Uñas sucias. Anduvimos ambas con las uñas sucias por días enteros. Todo el polvo del mundo se metía en la terraza. Hojas que arrastraba el viento. Arena, nos levantábamos cubiertos de arena. Era como si el viento siguiera pulverizando cosas que después llegaban a ensuciar las ropas y los colchones tirados en el piso de la terraza.

Los niños se levantaban y había que alimentarlos. Luego se quedaban apagaditos en una esquina, sin saber qué hacer. Se ponían a jugar con sus nintendos, con lo que les quedaba de carga. Así que empezamos a darles pequeñas tareas: ve a buscar agua, lléname este cubo, trae la ropa sucia; vamos a lavar a mano. Lucián bajaba las escaleras con un cubo a buscar agua a la pluma de abajo. Cuando no había presión, teníamos que subirla a mano hasta la terraza del apartamento. Allí, Aidara y yo sacábamos el jabón de pastilla y lavábamos calzoncillos, camisetas, pantaloncitos cortos, ropa interior. Todo estaba lleno de fango, de clorofila, de hojas y de arena. La poníamos a secar en las barandas de la terraza. Alexia bajaba las escaleras, no sin antes quedar conmigo en una hora de regreso. No nos podíamos llamar. Había comida en casa, así que de hambre no nos moriríamos. Cocinar era comer lo caliente del día. Nada se podía guardar. Había que comérselo todo rápido, recalentar en la noche y salir a por más provisiones durante el día; ponerse creativa con las sobras. Nada se podía botar.

No era una rutina complicada. Trabajosa, quizás. Sin agua y sin luz, el asunto era sobrevivir, o más bien, encontrarle un ritmo a esta nueva vida, en lo que llegaba la electricidad.

Así estuvimos cuatro días.

Entonces, una tarde en que fumaba sola en la terraza, milagrosamente entró una llamada de mi prima por celular.

—Nena, ¿estás bien?

Se me agolpó el pecho. Se me anegaron los ojos. Me entraron unas ganas terribles de llorar. Las primeras desde el huracán. Tragué profundo.

—Sí, Hildita. Aquí sin luz, pero todo bien.

—¿No se te volaron las puertas? ¿No te entró agua? ¿Y los nenes?

—Bien. A mitad del huracán se abrió la puerta de la escalera. Dio un retumbe inmenso que nos asustó. Pero aparte de eso, nada. Tuvimos suerte. Como vivo rodeada de edificios altos, nos sirvieron de farallón.

—¿Pasaste el huracán sola?

—Aquí está Alexia, mi vecina. Esa sí que lo está pasando feo. Se le reventaron las ventanas. Se le inundó el piso. Dejó al nene con el exmarido. Se pasa de sol a sol recogiendo cristales rotos y sacando agua de su casa. Y no puede traerse al nene. El cabrón del exmarido es contratista y no le manda ni a uno de sus empleados a ayudarla. Se me parte el alma, Hildita.

—Esos cabrones. ¿Y Mario? ¿Harry?

—¿Quiénes?

—Los padres de tus hijos.

—No han pasado ni para saber si seguimos vivos. Harry vive en el campo. Aquel debe tener escombros hasta en el culo. Y tú sabes que los papás de Mario están viejitos.

—Siempre excusándolos.

—Para lo que resuelven… Mejor que se queden lejos.

Un potecito de pastillas debía andar nadando todavía en lo más profundo de mi cartera. De repente, recordé las medicinas del tío Engue.

—¡Ay, Hildita, tu papá! Pasé a darles la vuelta. Tu mamá no estaba. Tío se quejó de un dolor.

—Llevo tres días llamándote. Antier tuvieron que irse de emergencia al dispensario. No lo pudieron atender.

—La farmacia de la esquina todavía no abre. Saquearon las farmacias de cadena americana. Con el agite de los días, se me olvidó volverlo a intentar.

—No te preocupes. Suerte que, al no conseguirte, llamé a una amiga que trabaja en la farmacia del dispensario. Ella le consiguió las percocet. Pero papi sigue quejándose. Parece que es una infección.

—Tío Engue no se cuida.

—Chica, lo sé. Me dijo Odilia que ni en el hospital de área quedan medicinas. Por las noticias pasan los videos. Parece que la destrucción fue total.

—No me doy por enterada. Acá estamos sin luz y sin señal de internet.

—Los campos, Mayra. Se cayeron puentes. Hubo derrumbes. Casas que se fueron por los riscos. La verdad que la cosa se ve mala. Todavía hay pueblos enteros incomunicados.

—Virgen santa.

—Estoy buscando pasaje para sacar a mami y a mi papá.

—Niña, pero si te llevas malísimo con ellos.

—¿Me lo dices?

—Eso va a ser Troya. Te van a sacar el jugo. Y tú con cuatro muchachos y ahora sola. La poquita vida que has recobrado se va a ir por el tubo, Hildita. Acá la cosa no está tan mal. Sabana Abajo aguantó. Están sin luz, como la Isla entera. Se volaron algunos techos y terrazas. Pero no hubo inundaciones. Casi nada. Tú sabes que los noticieros exageran. Siempre le dan fuete a la peor noticia del día, junto a la fotografía de la desgracia mayor.

—Prima, tú sabes que yo no soy de impresionarme mucho.

—Eso es verdad. Tienes un temple del carajo. Si yo me hubiese tenido que divorciar después de dieciséis años de matrimonio con ese bucéfalo marido tuyo…

—… exmarido, nena.

—… y quedarme sola con cuatro hijos por allá afuera, me hubiesen tenido que internar.

—Probado que no me alarmo. Tú estás dentro del meollo y ves lo que ves. Quizás en San Juan, la cosa no azotó tan recio; pero desde acá afuera, el cuadro que se pinta no es muy alentador. Te llamo para avisarte que ya ando buscando pasajes. Tú y los nenes, mami y papi se vienen para acá.

No sé por qué la idea no me pareció sensata. ¿Para qué irme de la Isla ahora? Hildita vivía con sus hijos en una casa de tres cuartos en un pueblito apartado en las afueras de Hartford, Connecticut. Se había ido de la Isla huyendo de sus padres, huyendo de la muerte de abuela Julia, que fue quien *de facto* la crio. Se casó con un exmilitar, agente de la policía de padres puertorriqueños. Todo parecía irle bien. Hildita le parió hijo tras hijo después de que ambos decidieran que ella se quedaría en la casa, criando. Su desarrollo profesional como relacionista pública nunca fue prioridad. La prioridad de mi prima después de la muerte de abuela era formar familia. Entiendo bien esa necesidad. Pero después de dieciséis años de matrimonio «estable», su suegro se murió de una enfermedad repentina y Ángel, el marido de Hildita, se volvió como loco. Se dio a la bebida. Empezó a pegar cuernos. ¿Qué es ese demonio extraño que se posesiona de los hombres cuando de repente se les muere el padre?

Íbamos a ser diez en una casa: los cinco integrantes de la familia de Hildita, su madre y su padre, Aidara, Lucián y yo. Hildita estaba en plena batalla por pensiones. Por más que yo la ayudara, el embate económico iba a ser mortal. No quiero pensar mal de mi tío, de mi tía, pero ¿por qué no? Aquellos dos siempre aportaron poco para la manutención hogareña. Vivían del cuento. Aparecía dinero para ventanas o para carros nuevos, o para irse de juerga a bares de esquina. Pero para lo esencial, no. Nunca hubo para medicinas, comida, los estudios de Hildita. Mientras vivió con ellos, Hilda tuvo que trabajar en mil lugares para pagarse sus estudios. No la ayudaron ni con un peso para comprarse sus libros de materia. Hildita cursó la universidad raspando, sin poderse concentrar. Quizás por eso sus sueños profesionales se esfumaron pronto. Quizás por eso se casó con Ángel, en aquel distante entonces, con alguien que la pudiera sacar del agite; ponerle hogar.

Además, si salía de la Isla, estaba Alexia. ¿Dónde quedaría Alexia? Si decidía traerse a René con ella, no podría volver a su casa. En la mía estábamos nosotros, Lucián, Aidara y yo. Habían pasado tan solo cinco días. Teníamos comida. La planta nos daba luz de cuatro a siete horas. Encontramos una rutina en medio de los escombros. Quizás la espera duraría dos o tres semanas más, a lo sumo. La luz iba a llegar.

—Consigue pasaje para tus papás primero. Ellos están viejos y en riesgo. Mientras tanto, vamos tocando de oído. Me dice Alexia que arriba en su apartamento a veces hay señal. Procuraré estar allá arriba, en el piso veintiuno, por los próximos días, como de tres a cinco de la tarde. A las siete hay toque de queda; así que mejor quedamos antes. Trata de llamarme entonces.

—Dale, prima. Hablamos en estos días entonces. Cuídate mucho.

—Tú también.

En los días subsiguientes, comenzaron a llegar los amigos a la casa. Alonso y Paxie fueron los primeros. Paxie trajo pan. Alonso pasó a preguntar si necesitaba algo.

—Un abrazo.

Me lo dio. Regresó el Gabo. Subimos por tres días seguidos a casa de Alexia. Había que halar escaleras arriba hasta el piso veintiuno. La ayudábamos a recoger cristales. A mover muebles. Mis hijos allí encontraron señal, pero estaba floja. No alcanzaba para ver el internet. De vez en cuando, miraba a Alexia intentar hacer llamadas. René.

Yo con mis hijos en su casa y ella sin René. No le cogían el teléfono. Pude hablar con Hildita alguna que otra vez. La luz no llegaba. Ya la esperanza comenzaba a flaquear.

Sentada en la escalera, mirando el infinito paisaje de cemento detenido en que se había convertido la cuidad, me entró un mensaje de texto del Colaboratorio. Llamaban a una reunión de fundaciones sin fines de lucro. Se me dibujó una sonrisa en los labios. El Colaboratorio estaba en plenas funciones. Y yo tenía libre acceso para entrar.

Internet, aire acondicionado, un lugar de encuentro más allá de mi terraza de los huracanes. Más allá de las filas de gasolina o supermercado, o las calles llenas de guardias armados. El Colaboratorio se me vislumbró como un lugar para informarme de los sucesos, un lugar para pensar en algo qué hacer más allá de la supervivencia.

Era animal de costumbre. Necesitaba hacer otra cosa que esperar.

Las misiones

La adrenalina vibraba en su nivel más alto. El Colaboratorio era un enjambre de personas, un nudo de agitación.

«Ante la situación actual, el Colaboratorio ofrece a todas las organizaciones sin fines de lucro cuyas oficinas hayan sido afectadas por el huracán María espacio gratuito de trabajo para seguir brindando servicios a sus comunidades».

Al fin, el invento de John Borschow tomaba forma. A John me lo había presentado Baby Jaunarena. En aquel distante entonces, yo era una escritora que buscaba fondos para hacer talleres y eventos en escuelas públicas y comunidades. Estaba en medio de una de mis etapas febriles. Cuando me da con algo, es mejor matarme, dicen los que me conocen bien. Quería que todos los escritores que había conocido en congresos y en ferias de libro vinieran a Puerto Rico a avivar el amor por la lectura. Baby trabajaba con Fortuño, antiguo gobernador estadista, de esos que quieren la unión permanente con Estados Unidos para que la Isla entera escapara al fin de su precariedad. Baby proviene de la misma clase social que Alexia. La criaron para pasearse en galas y en clubes de damas cívicas, convertirse a la larga en esposa trofeo de algún *trust-fund baby*. Pero de joven, a la hija del Dr. Pedro Jaunarena la había picado algo. Venía de trabajar años en la Fondita de Jesús, una organización que le proveía casa, comida y orientación a deambulantes y demás personas de la calle, adictos, expresidiarios, prostitutas, inmigrantes. Cuando la conocí, dirigía la oficina de Cultura de Gobierno. A los estadistas no se les pegan mucho los intelectuales. Para ellos, la cultura es un bien de lujo, algo con qué adornar estantes y paredes; o asuntos sin fin práctico, que no producen acumulación de riqueza. Me imagino que le ofrecieron el puesto a Baby porque no conocían a más nadie que pudiera bregar con esa gente que insistía en llevar las artes a campos, mangles, residenciales públicos; en usar la cultura como instrumento de cohesión de pueblo y movilidad social.

Le conté mi proyecto. Las artes operan en otro circuito que el del consumo. El cultivo requiere la lenta sedimentación de conocimientos, transferencia de hábitos de reflexión y preguntas. Las respuestas son la tristeza de la pregunta, dijo alguna vez Pessoa. Pero sin respuestas, las preguntas son aún más tristes. No retoñan en dudas, cuestionamientos de si hay algo más que lo que te ofrecen como plan maestro, o como guion a seguir, como papel asignado en la vida. Quedarse sin respuestas es más triste aún que preguntar; porque a la larga, también te quedas sin preguntas.

Leer es aprender a cuestionar. Es acceder a otros modelos de vida que te hagan dudar del propio, buscar un modelo alterno. Es entrenar la mente a mirar hasta el fondo de las cosas, ver lo que dijeron otros en su interacción con las cosas, con la primera y la segunda naturaleza. La primera nace de la tierra. Son los árboles, las plantas, los ríos, el viento, el sol, los huracanes. La segunda naturaleza es precisamente la que se nos estaba viniendo abajo, esa vitrina quebrada que acabó de destrozar este huracán. La Isla aparentemente en calma no era otra cosa que el ojo de una tormenta. Yo quería instigar a otros para que se atrevieran a preguntar.

Baby me ayudó a encontrar los fondos para empezar ese plan de agitación. Bajo la administración de Fortuño, se cerraron varios centros de recuperación para adictos que el gobierno, hasta aquel entonces, subvencionaba con ayudas a templos pentecostales que salieran a recoger almas perdidas y ofrecerles la senda del Señor para sacarlos del vicio. Negocio redondo entre Iglesia y Estado. Algunos programas religiosos estaban cerrando y quedaban sobrantes del presupuesto estatal para invertir en otras iniciativas «sociales».

—Me gusta tu plan. Te puedo ofrecer ciento cincuenta mil dólares —me contestó Baby cuando le presenté mi iniciativa.

Yo creía que con ese dinero podría celebrar un festival literario para el fomento de la lectura. No me daba ni para empezar, pero eso yo no lo sabía. Era una novata en gestoría cultural.

Hicimos todo lo que había que hacer para recibir esos fondos. Conseguí una Junta Directiva, nos inscribimos como organización sin fines de lucro en el Departamento de Estado, abrimos una cuenta de banco con un donativo que nos dio el ingeniero Carlos Pesquera, padre de una amiga de mis tiempos de hermandad con Aurora. Margie era compañera de parrandas. Su padre, un amante de las artes musicales, la pintura, de todo lo que tuviera que ver con cultura. Hacía veladas de ópera en su segunda casa dedicada a sus bohemias, una que compró en el Viejo San Juan.

El ingeniero Pesquera me donó quinientos dólares. Quiso ser miembro de la Junta, ayudarme en estos procesos. Él sabía administrar empresas. Yo no sabía más que administrar fantasías de papel y hablarle a la gente.

—Tú ocúpate de convocar que yo te armo esto —me dijo, extendiéndome el cheque—. Abre una cuenta. La vas a necesitar. Hay que pagar permisos, seguros, sellos estatales. A mí los libros me dieron todo lo que tengo. Me sacaron del campo de mi padre, donde él criaba vacas. Me llevaron a la universidad. Este país necesita educarse. Voy a hablar con algunos contactos para que te den más dinero. Yo no sé mucho de festivales literarios, pero me parece que vas a necesitar auspicios que te ayuden a pagar pasajes y a hacer eso que me dices que quieres hacer, como Dios manda.

Después, el partido de Baby perdió las elecciones. No sé cómo, quizás porque soy terca, seguí con el proyecto, aun cuando el país cambió de administración. Los estadolibristas comenzaron a pellizcar los fondos que el partido anterior había dejado asignado para mi festival agorero. Y mira que esos se pintan como defensores de la cultura.

Ya casi no quedaba nada de la asignación gubernamental. Estábamos endeudados hasta el cuello, pero seguíamos insistiendo. Cada vez participaban más escuelas. Cada vez contábamos con menos dinero. Me acerqué a amigos que habían estudiado conmigo y que estudiaron cosas que sí dejaban dinero: como mi amigo y cómplice José Raúl Montes, cirujano plástico.

—No te preocupes, nena. Yo te voy a ayudar.

José Raúl estudió bajo la tutela de la excelsa Mercedes López Baralt, maestra entre maestras y madre intelectual de generaciones de puertorriqueños que se graduaron de la universidad del Estado. Él era loquita de nación. Vino al mundo con la proclividad y el gusto por lo bello. Además, había nacido, como yo, a la orilla del precario privilegio de nuestras alcurnias sociales. Se hizo cirujano facial. Nadie sabía que, además de su clínica privada, se la pasaba operando a niños nacidos con labio leporino, con desfiguraciones congénitas, reconstruyendo caras quemadas. Pero, en su práctica privada, ponía bótox, hacía implantes, rellenaba arrugas y estiraba papadas.

Por ello conocía a las esposas de todos los empresarios, políticos y banqueros de la Isla. Les hacía las narices y los pómulos, las mantenía bellas.

—Vámonos, que yo te llevo de la mano.

La claque literaria no hacía más que criticar. Que cómo era posible que yo mezclara literatura con ese tipo de frivolidades. Que yo era una vendida. Que los que trabajaban conmigo no tenían criterio y se aprovechaban del festival para autopromocionarse. Llamé a Alejo, mi amigo traductor y poeta, a Alonso Sambolín para que coordinara las muestras de cine basadas en novelas escritas por autores invitados.

De México, de España, de universidades del Norte en donde trabajaban compañeros profesores puertorriqueños, colombianos, mexicanos, llegaban remesas. El festival subsistía como subsisten los que se quedan atrás, atrapados en estas islas del Caribe. Los que emigran, medran y mandan remesas a «la familia», en lo que logran sacarlos de allí también, aun cuando ellos insisten en no partir.

En esa precariedad, me llamó Baby.

—Nena, estoy trabajando en una fundación nueva que ha abierto John Borschow, el de Abarca. ¿Te suena el nombre?

—Ni tilín.

Siempre fuimos sinceras Baby y yo. Por eso quizás, nunca nos importaron las diferencias ideológicas, las diferencias de colores de piel, de billetes en el bolsillo, expectativas de género. Ella postestadista y yo postindependentista. «¿Para qué abanderarse? Lo que importa es que llegue el dinero a la gente que lo necesita. Que se abra la oportunidad», me había dicho Baby un día. Yo asentí. Para mi sorpresa, había encontrado otra cómplice.

Me gusta rodearme de mujeres listas.

—Pues John quiere abrir un *coworking space*, un Colaboratorio. Hacerse empresario social. Ya le pasó su negocio de importación de efectos médicos a su hijo. Eso es Abarca. ¿En serio que no sabes lo que es Abarca?

—Baby, por donde yo me muevo, no pasa un empresario ni buscando *parking*.

—Pues métete por internet a la página del negocio. John te quiere conocer.

Me topé con John entrando en el Colaboratorio. Iba rumbo a mi oficina. Llegaba con mis hijos, con Alexia y la computadora de Aidara. Quería enviar *e-mails*, aprovecharme de que quizás había internet en mi oficina, convocar a mi equipo. Aún no tenía muy claro para qué. Pero cuando llegué a mi espacio compartido de trabajo se me hizo claro. Aquello era un avispero.

—Allá están los del Estuario de la Bahía, allá los de la Asociación de Envejecientes, los del Archivo General, los de Comprometidos, los de Juntos por Puerto Rico. Ya llegaron los primeros de la diáspora. Hispanic Federation envió un convoy para ayudar desde aquí a repartir suministros. No paran de llegar asociaciones. ¿Tú vas a usar tu escritorio? Necesitamos lugar.

—Claro que sí.

John Borschow siempre habla como un prócer en medio de un discurso. Hijo de judíos de Nueva York, nació y creció en la Isla hasta que lo enviaron a estudiar en universidades del Norte. Su padre era tecnólogo médico, experto en máquinas que sacaban placas a los pechos de los tuberculosos. Llegó contratado por el gobierno, en aquel distante tiempo en que la vitrina se armaba en la Isla y Puerto Rico caminaba a zancadas hacia su modernización. Petroleras, hospitales, escuelas y zonas libres de comercio transformaron la Isla de campo de orilla a país civilizado. Se redujo la mortandad. Se le apretaron las tuercas a programas de alfabetización. Abrieron universidades que produjeron en masa una clase nueva de profesionales. El padre de John Borschow se quedó en Puerto Rico. Montó negocio próspero para su descendencia. Pero a John se le metió la Isla entre las venas. O fue otra cosa la que le atezaba la sangre. Ya no encontraba reto ni mérito en hacerse rico. ¿Qué más podía hacer? Abrió el Colaboratorio.

—¿Vienes a trabajar con los nenes?

—¿En dónde los voy a dejar? No te apures, ellos no molestan.

—Está grande ese muchacho. *Hi there, my friend.*

—Lucián, ¿te acuerdas de John? Saluda, Aidara. Esta es mi amiga Alexia. Trabaja para la Coalición de Personas Sin Hogar.

Mis hijos saludaron a John distraídos. En realidad buscaban a quién preguntarle por la contraseña para conectar sus aparatos a las redes virtuales del Colaboratorio. Lo habían hecho antes. Dejé a John hablando con Alexia y caminé hacia mi escritorio. De repente mi teléfono revivió. Comenzaron a entrar mensajes de texto, zumbidos de llamadas perdidas, archivos visuales.

—*At last, internet!*

Era Lucián, gritando *eureka.*

Eran las maestras; decenas de mensajes de maestras de las escuelas que participaban de mi festival. Muchas de sus escuelas habían sido transformadas en refugios. Otras abrían sus puertas de manera irregular para poder servir alimentos y mantener a los niños fuera de las calles en lo que se reestablecía «la normalidad». Necesitaban refuerzos, actividades, visitas de escritores. Muchas perdieron sus bibliotecas. El gobierno estatal y el federal —es decir, el de los Estados Unidos— abastecieron de agua y de comida a las escuelas refugio. Pero hacía falta más. Hacían falta libros, cuentacuentos, escritores que dieran talleres, que entretuvieran a los niños mientras las maestras hacían acopio de daños, limpiaban lo que quedaba de escombros, atendían a la comunidad.

El plan de qué hacer durante esta crisis me cayó entre las manos.

Una nueva rutina se armó a partir de nuestra visita al Colaboratorio. Alexia, mis hijos y yo nos levantábamos al alba. Recogíamos del piso de nuestra terraza los colchones donde habíamos dormido. Acomodábamos la mesa. Desayunábamos. Luego partíamos caminando hacia el Colaboratorio. Alexia intentaba comunicarse con su oficina, la de la Coalición de Personas Sin Hogar. Lucián y Aidara jugaban con sus computadoras. Yo recibía llamadas de las escuelas, buscaba listas de refugiados, conectaba a nuestras comunidades con otras asociaciones que trabajaban desde el Colaboratorio prestando servicios. Me tomó tres días armar una lista de cincuenta refugios, obtener los permisos para visitarlos, confirmar sus necesidades inmediatas. Me enteré de un fondo al que podíamos solicitar dinero para poder comprar suministros. Pero agua y comida sobraban en el Colaboratorio. Todos los días aparecía alguien con cosas para donar. Se había corrido la voz por las redes. Podías llegar al Colaboratorio y ofrecerte como voluntario. Donar filtros, alcohol desinfectante, vendajes, ropa, dinero. Otros centros se abrieron con el mismo propósito. La Isla entera se tiraba a la calle a ayudar.

De vez en cuando observaba a Alexia. Se le perdía la mirada. Sospechaba lo que le pasaba. Ya estábamos cerrando semana después del paso del huracán.

—¿Lograste comunicarte con René?

—Me dice que está bien.

—Vete a buscarlo. Ya ha pasado mucho tiempo sin verlo.

—Es verdad. Lo extraño. Está acompañando a su papá a inspeccionar sus edificios de apartamentos. Uno de ellos queda cerca de aquí. Quizás pasa a las once. Voy a ver si el papá me lo deja por hoy. ¿Está bien si me lo traigo para la casa?

—Claro, Alexia. Tenemos colchones de más. Además, en casa hay comida.

—Voy a pasar por el supermercado. Si no hay mucha fila, compro filetes de pollo. René es bien remilgoso para la comida. Le encantan los filetitos.

—Pues tráete pollo y cervecitas. Ay, carajo, todavía no levantan la ley seca. Dale, ve. Nosotros te esperamos aquí.

Salió Alexia a ver si se encontraba con su hijo. Me quedé con los nenes en el Colaboratorio. Cerca quedaba Libros A/C, el negocio de mi antiguo estudiante Samuel Medina. Sam fue uno de los muchos que quería ayudar. La librería también servía almuerzos. En esos días, Samuel me guardó almuerzos para los nenes y para mí. Y libros para Aidara y para Lucián.

Los nenes empezaron a quejarse de hambre. Los dejé seguros en el Colaboratorio. Crucé la avenida Ponce de León y llegué hasta el negocio de Samuel.

—Fíjate, me ha sorprendido esta crisis. Estamos vendiendo más libros que nunca. Más que almuerzos. Debe ser porque no hay luz.

—La gente está buscando qué hacer con tanto tiempo muerto. Pero, ¿cómo te pagan? ¿Ya han abierto los bancos?

—Muy pocos. Muchos no tienen sistema. Las torres de señales se cayeron casi todas. Los cables están partidos. Yo estoy operando solo a base de transacciones en *cash*.

—Menos mal. Tal parece que tu negocio sobrevivirá.

—Es lo menos que me preocupa. Si no sobreviven más negocios, a la larga, a la gente se les va a acabar el dinero con qué comprar. Además, se está yendo la gente por camadas. Ya dos empleados me anunciaron que renunciaban.

—¡Pero si tienen trabajo!

—La gente está vuelta loca, profesora. No hay luz. No sabemos cuándo vuelva. Allá la cosa siempre está mejor que acá. La gente se está yendo, aun cuando tenga trabajo. La Isla se está despoblando. Eso sí que me preocupa. ¿Qué te llevas hoy? Tengo pollo en fricasé o chuletas fritas. El menú anda reducido.

Samuel me empacó dos almuerzos y yo crucé de nuevo hacia el Colaboratorio. Los nenes comieron. Luego se entretuvieron con cualquier cosa en lo que yo seguí haciendo llamadas. Trataba de conectar.

Antes de las cinco de la tarde regresó Alexia al Colaboratorio. Llegaba sola, sin su hijo.

—¿Y René?

—Salí a encontrármelos. Como tengo que hacerlo todo caminando, llegué unos minutos tarde. Me topé con uno de los empleados del padre de mi hijo. Me dijo que se acababan de ir.

—No puede ser. Pero si todo el mundo sabe cómo están las cosas en la carretera. ¿No pudieron esperarte?

Suspiros de Alexia.

—Así que me tiré de nuevo a pie hasta el edificio del Antiguo Telégrafo. Me enteré en la calle de que allí quedan las oficinas de una agencia de internet que ofrece conexión gratis por el huracán.

Pude llamar a René. Me dijo que él le pidió al papá que esperara un ratito. El padre le dijo que no podían retrasarse, que intentarían encontrarse conmigo al día siguiente.

Regresamos a nuestra casa, que ya era también casa de Alexia. Prendimos la planta. Luc y Aidara se sentaron a leer. Jugamos Simón dice, veo-veo, juegos de mi infancia, de cuando no había internet. Luego echamos los colchones en el piso y a dormir.

Al otro día, lo mismo.

Todos esos días, Alexia salió a trabajar al campo, haciendo entrevistas a personas que se habían quedado sin hogar. Por aquellos días también la activaron para prestar otro tipo de servicios. Se había desatado una epidemia más. La gente se estaba suicidando o al menos amenazaba con suicidarse. Cada día y medio a Alexia le llegaban noticias de que en la Isla se había cometido otro suicidio «exitoso».

También durante todos esos días, Alexia intentó volver a casa con René. Y todos los santos días regresaba con las manos vacías. No podía ser casualidad.

Al final de la semana, logré convocar a mi equipo para una reunión. Tenía una estrategia clara. Debía comunicársela a mis cómplices de faena porque era evidente que no podría llevarla a cabo sola.

Al Colaboratorio llegó casi todo el equipo. Éramos doce: Neeltje van Marissing, logística, hija de una activista de Puerto Nuevo y de un cura holandés de tendencias comunistas; Millie Reyes, diseñadora gráfica oriunda del Barrio Trastalleres de cerca de los puertos; Alonso Sambolín, hijo del maestro Sambolín, pintor comprometido, él fotógrafo y cineasta. Durante los conflictos estudiantiles de 2010 había ayudado a fundar Radio Huelga. A ellos se le sumaba Gael Solano, español casado con puertorriqueña y escritor de novelas juveniles; Alejo Álvarez, mi amigo traductor y poeta; Iris Medina, administradora que también había trabajado en la Fondita de Jesús, establecimiento que repartía comida a personas sin hogar; Tamara González, antropóloga que corría nuestro programa escolar, además librera; Edmaris Carazo, antigua estudiante mía, bloguera y experta en publicidad por redes sociales, y Awilda Caez, escritora y administradora ejecutiva que se ocupaba de los invitados internacionales que traíamos para los talleres para el festival. Completaba el combo Zoraida Díaz, vieja productora de teatro y madre soltera de cuatro hijos que abandonó tablas y candilejas para irse a trabajar en el Hospital de Veteranos del Gobierno Federal. Había que dar de comer a sus muchachos y ya sabemos todos que del arte no vive nadie en estas tierras. Zoraida se encargaba de movilizar voluntarios. El único que faltaba era José Manuel Fajardo, periodista y escritor radicado en Portugal, nuestro enlace con el mundo exterior y coordinador de programación del festival. Ni nadando, Faji hubiera podido llegar a la Isla.

Después de abrazarnos todos y asegurarnos de que no había pérdidas de rigor entre nosotros, comencé a contarle a mi grupo de cómplices de fechorías mi nuevo invento.

—Compañeros, se jodió Puerto Rico. Aquí solo queda decidir una de dos cosas: o nos tiramos a la calle a ayudar a la gente, o abandonamos nuestro proyecto hasta nuevo aviso. ¿Quién se quita?

—Acá ninguno —interrumpió Awilda.

—Yo propongo que visitemos escuelas y refugios a llevar libros y talleres, y de alguna forma continuar haciendo lo que siempre hemos hecho —rematé.

—¿Pero cómo? ¿Con qué gasolina? Hay muchas carreteras que aún presentan riesgos —logística habló.

—Además —añadió Alonso—, hay gente sin agua, sin luz. Los hospitales se desbordan de gente. Ahora se disparó una nueva epidemia de leptospirosis.

—¿Lecto qué? —preguntó Zoraida.

—Envenenamiento por orín de ratón. Como hubo tanta inundación y a más de una semana del huracán, todavía no acaban de recoger los escombros, los ratones se pasean por todas partes. Te cortas con un alambre o una plancha de zinc orinado y caes directito en la tumba.

—A Rubén Ramos, el poeta que trabajaba en Libros A/C, se le acaba de morir la mamá de eso mismo —informó Alejo.

—Por lo tanto, insisto, si no vamos a llevar comida o medicinas, ¿de qué sirve llegar con una caja de libros a un refugio entre tanta devastación?

—Los refugios son focos de contagio de conjuntivitis —Iris informaba.

Respiré profundo. Le eché una mirada a Aidara y a Lucián que ya estaban de nuevo embebidos en sus computadoras. ¿Cómo iba a cargar con ellos para los refugios? ¿A qué los estaría exponiendo? Sacudí la cabeza.

—Como quiera vamos a ir.

—Me resisto a que lleguemos sin suministros.

—Okey, Alonso. Te encargas de eso. Acá en el Colab se formó un grupo que reparte. Haz contactos con ellos. ¿Quién lo ayuda?

—Yo. Trabajaba en eso cuando estaba en la Fondita. Le pregunto a mi mujer dónde conseguimos más suministros, por si acá se ponen con cosas.

Iris acababa de casarse con su novia Ileana en matrimonio lésbico y legal. Cada vez que podía nos lo recordaba.

—Zory, consíguenos veinte voluntarios.

—¿Con qué señal?

—Aquí en el Colaboratorio hay internet.

—A mí me parece que estamos apresurando las cosas. No hay gasolina, todos estamos sin luz, no vamos a poder comunicarnos con las comunidades a las que planeamos visitar. Los voluntarios también sufrieron pérdidas en sus casas, con sus familias. Algunos se están yendo del país. Si esperamos un momento a que las cosas se normalicen…

—La necesidad no espera, Zory. Vamos a hacer esto. Lo vamos a hacer. Durante los cuatro días que llevo viniendo al Colab más de cincuenta escuelas me han llamado, que les llevemos libros. Libros de pintar, rompecabezas, libros infantiles, libros de historias. Habrá comunidades que no tengan comida. Pero la gente que siempre nos apoyó en los festivales nos está pidiendo ayuda. Si quieres, te paso los teléfonos de las maestras. Las llamas tú y les dices que volvemos a visitarlas cuando regrese la normalidad.

Tamara tomó la palabra.

—Podemos llamar al Departamento de Educación y que nos den la lista de más escuelas refugio.

—Hecho. Por aquí por el Colab pasaron buscando una organización que los ayudara a combatir el tedio en los refugios. Como todavía las cadenas de televisión no tienen señal, no ha salido la noticia de que en las comunidades están ocurriendo suicidios. La gente anda desesperada. No se ve el día en que llegue la luz. Yo no soy psicóloga, pero un libro me ha salvado de muchos momentos turbios.

—Okey, nos convenciste —interrumpió Neeltje—. Repito, ¿cómo vamos a llegar a las comunidades? ¿Alguien ha hablado con Paxie? A fin de cuentas, es nuestro presidente de junta, ingeniero de carreteras y trabaja con el Departamento de Transportación y Obras Públicas. Que nos consiga una guagua.

—Excelente idea.

—Lo llamo.

—Hay que documentar lo que hagamos, al menos para nosotros. Quién sabe a qué fondos podamos acceder, aunque sea para conseguir libros. Me late que vamos a necesitar muchos. Ese no es suministro que llega en los furgones de ayuda para desastres.

Nos miramos todos. Entonces a Alonso se le ocurrió una idea.

—¿Y si hacemos un *book drive*? Llamamos a la gente para que se reúna en un lugar donde leamos poesía, toquemos música. La gente va y dona libros. Puede que funcione.

—Vamos a hacerlo.

—Yo me encargo de las redes —esa era Edmaris—. ¿Cómo bautizamos la campaña?

—*No estás solo* —respondió Alonso.

—Así mismo —afirmé.

Esa misma tarde, Alonso y yo caminamos hasta el Museo de Arte Contemporáneo. Milagrosamente, al edificio no le había pasado nada. Sabíamos que estaba abierto. Madeline Ramírez, curadora que dirigía el museo y sus programas, había ido al Colaboratorio a desmontar unas piezas que colgaban de las paredes de nuestra oficina comunal para llevarlas a resguardar al Museo.

—Si se te ocurre algo, cuenta conmigo —me había dicho—. Vamos a abrir una escuela alternativa, como un campamento de verano para los niños de la comunidad, pero en tiempos de huracán. Si quieres, trae a los nenes.

—Dale, voy a ver si les interesa ir a un campamento de huracanes.

—Tengo que hacer actividades. No puedo dejar a mis empleados sin cobrar. Muchos trabajan por contratos de servicio.

Pedimos hablar con Madeline y a ella le gustó la idea. Nos prestó el Museo. A los dos días se celebraría nuestra actividad de recogida de libros.

Llamé a músicos, poetas, cuentistas, actores. El programa era sencillo. Íbamos a pedirle a todo aquel que quisiera que donara libros y que vinera a compartir en comunidad. Yo daría un taller de los míos, escritura con pies forzados, tales como: «Poemas del candungo rojo», «La fila de la gasolina» y «Cuentos de huracán». Nuestro interés no era «hacer arte», impresionar con el manejo de la forma, agitar estéticas institucionalizadas, ni educar. Solo queríamos convocar a la gente, reírnos, comprobar que estábamos vivos, contarnos las historias y las aventuras, compartir experiencias, comenzar a sanar.

Pensamos que no vendría nadie, pero el día que celebramos el evento, se aparecieron más de quinientas personas.

—Gracias, nos hacía falta esto —nos dijeron muchos.

Recogimos cuatro mil libros.

Ya podíamos lanzarnos a la calle a repartir palabras.

CUARTA PARTE

Las pérdidas

Anónima. Mujer en el parque

Confío en Dios que se arregle, pero es duro. Llevo quince años casada con mi marido. Es buen proveedor. No le pega a los niños, ni nada. Es más, dejó que mi sobrino viniera a vivir con nosotros. Es que el muchacho no se acostumbraba por allá. Mi hermano se lo llevó porque por Orlando le ofrecieron trabajo cuando perdió el suyo, por la crisis. Extrañaba a su Tití. Como mis hijos son de la misma edad que él, no hacía más que soltar los libros de la escuela y venirse a jugar Nintendo o a correr bicicleta con los de casa.

El huracán lo cogió por acá. Yo ya le mandé a decir a mi hermano que todo estaba bien. Se nos mojó un poquito la casa, pero eso fue todo. Se cayó el árbol de mangó de frente a casa y tumbó una verja. Por poquito nos aplasta el carro. Pero mi marido salió en medio del vendaval y lo movió. Yo le dije que lo entrara a la marquesina. Loco que es, que no lo hizo antes.

Desde antes del huracán mi marido andaba como loco. Tantos años que llevaba bien. Me acompañaba a la iglesia y yo pensé que al fin iba a dejar los malos pasos y la vida en pecado. A mi marido le gusta darse al trago. Yo lo conocí así, no le miento ni voy a decir lo que no es. A mí también me gustaba, no el alcohol, pero sí la juerga, irse a dar su cervecita por ahí, bailar y conversar un ratito en las barras. Pero lo conocí a él, que parecía hombre bueno. Mi marido es bueno. Tiene sus cosas, pero es bueno. Nos juntamos. Llegó la primera barriga y me concentré en criar. Me iba a la iglesia con el bebé, porque las iglesias ayudan mucho. Ahí hay gente que te escucha, te ayuda, hacemos actividades. Hay comunidad. Mi familia está toda por allá por Boston y por Orlando. Criar un bebé sola es cuesta arriba. Por lo menos, las hermanas de la Iglesia eran como una segunda familia y me ayudaban. Mi marido tenía dos trabajos, mas se iba por ahí, dizque a despejarse.

Y una sola, en la casa con los críos. No, si es para volverse loca, aunque no esté pasando nada malo.

Leía la Biblia para que la cabeza parara de darle vueltas a las cosas. Que si por qué mi marido había cambiado. Que si por qué no me acompañaba en la vida del Señor. Pero un día, al fin cedió. Dios había escuchado mis plegarias. Estuvo yendo conmigo casi dos años y medio al culto. Verdad es que no era constante. Iba un domingo sí, luego dos no, y después nos acompañaba a los nenes y a mí otro domingo. Nos sacaba a dar vueltas en carro a los nenes y a mí. Los nenes ya estaban más duritos y aguantaban ir al río o dar paseos por el campo. Íbamos a la playa o a alguna actividad en otros templos. Visitábamos a la familia de él en Morovis. Él es de Morovis, del campo. Participábamos de las excursiones que a veces organiza la Iglesia. Nunca nos acompañó a las campañas de oración, ni al apostolado. «Tanto grito me aturde, nena», me decía. «Yo no sirvo para eso. Además, a mí no me gusta estarle diciendo a la gente en qué creer. Mejor me quedo en casa». Yo me iba, sola, con los nenes.

Primero le recortaron horas del trabajo, allá en el taller de mecánica. Después lo pusieron a medio tiempo. Tuvo que coger otro trabajo haciendo lo que hacía antes, guiando un camión. Y ahí fue que la cosa se empezó a poner mala, malísima. Entonces pasó esto. Junior está descontrolado. Bebe mucho. Esconde las botellas en la casa. Yo se las encuentro y se las tiro. Los otros días, antes de que pasara la vaina esta de María, le encontré tres botellas abiertas, una debajo del fregadero, una en el armario de las herramientas y otra en el carro.

—¿Este es el ejemplo que le quieres dar a los nenes, estas malacostumbres? Ahora son tres, con el sobrino en casa. Los nenes están chiquitos, pero el de Mary ya va pa chamaco. Tiene trece años. Se da cuenta de todo. ¿Qué tú haces, Junior? ¿Qué nos estás haciendo?

Mi marido es bueno. Tiene que ser por lo del huracán. Él tiene sus cosas, pero esto es mucho. Junior me pasó por enfrente, mascullando no sé qué palabras. Me agarró por el cuello contra la pared de la marquesina. Pensé que me iba a ahorcar. Luego, como que se dio cuenta, me soltó y corrió a encerrarse en el cuarto. Yo me quedé pegadita contra la pared. Se me soltaron las piernas. Me fui escurriendo hasta el piso, como una llovizna. Tenía el cuerpo mongo, como sin huesos y un vacío en el pecho, un vacío bien grande. No me podía mover. Ni le alcé la mirada. Yo antes fui una mujer brava. ¿Por qué reaccioné así? Mi marido no es de hablar mucho. Él es bueno. O yo creía que era bueno. Aquel que me restralló contra la pared de la marquesina no sé quién es.

Ayer fue a ver cómo había quedado el taller. Dice que de aquello no quedó nada. El huracán le tumbó el techo al puesto. Por el sector por donde trabaja sí hubo inundaciones. El jefe le dijo que no se molestara en volver. Que él se iba para Nueva York, a casa de familiares, en lo que las cosas volvían a la normalidad, a ver qué decidía, cómo peleaba con el seguro, cuánto le daría FEMA. No sabía si volvería a abrir el negocio. Ni siquiera le liquidó lo que le debía de la semana anterior.

Él dice que no se acuerda de nada de cuando me agredió. Mire este moretón que tengo en el cuello, en el hombro, por todo este brazo. ¿Ve? Lo tengo prieto. Me empujó contra la pared de la marquesina como si yo fuera un macho. Y me miró con un odio, como si me quisiera matar. Yo le enseñé el moretón y me responde que imposible. Junior bebe, pero nunca se había puesto violento. Ni un grito, oiga, en quince años. Pero lo hizo. Este cantazo no me lo di yo sola.

Suerte que los nenes estaban entretenidos jugando video con su primo. No se dieron cuenta de nada.

FEMA (Federal Emergency Management Agency)

Al día siguiente del huracán me llegó el primer convoy de FEMA. La agencia me pidió cupo entero del hotel para sus agentes. Yo rapidito cancelé las reservaciones que habían hecho turistas para esos días. Sabía que no iban a llegar. Ya me habían avisado del aeropuerto que se habían caído los cuatro radares de las torres de control y que también allí se fue la luz. No iban a operar con planta más que para recibir los vuelos militares y de ayuda federal. El mundo entero quería ayudar a Puerto Rico, pero, como somos territorio, Trump no les iba a dar paso. Solo vuelos militares y los de FEMA.

Me quedé con los huéspedes que pasaron el huracán en el hotel. Les avisé que fueran llamando a familiares y a sus líneas aéreas para que confirmaran sus vuelos de vuelta. «La situación no está buena», les dije. «Es posible que encuentren contratiempos y vuelos cancelados. Van a ser días, quizá semanas, de intentar salir del país».

Salí un minuto a revisar la planta y asegurarme de que teníamos suficiente diesel. Para llegar, tengo que dar la vuelta por el patiecito donde servimos el café y los desayunos. Allí me la encontré. No recuerdo cómo se llamaba, o sí, creo que era Sally. Había trabajado en FEMA durante los pasados dieciséis años. Era nuyorrican.

—*Are you alright?*—le pregunté.

—*It's too much. I am used to too much. But this time is too much big time.*

Y me contó. Había ido en misión quién sabe a qué sector del campo. No me supo decir, o no quiso revelar el sector exacto. «*I only know it starts with C*». Fueron en convoy militar. Llevaron excavadoras y camiones militares con *rack* de empujar madera. Estuvieron seis horas, pero al fin pudieron abrir paso para entrar al pueblo aislado. Lograron acceso a pleno mediodía; llevaban desde el amanecer partiendo monte. Se encontraron en un sector de unas treinta casas. Llegaron con suministros de agua y sacos de comida militar.

—*When we reached it* —decía la agente de FEMA—, *we could not believe what we found.*

Había doscientas personas deshidratadas. Llevaban desde el huracán sin agua.

—Entonces, ¿por qué llora? —le pregunté a la señora—. Han salvado gente.

—No lloro por los que salvamos hoy —respondió la agente—, sino por los que morirán sin que lleguemos a tiempo.

Gabriel Zamora. Refugiado. Levittown

Se los juro que pasó. Esto pasó. Nadie en la radio lo cuenta, ningún medio lo ha cubierto, pero nosotros lo sabemos. Al menos lo sabemos mi madre y yo. Ella me aconseja que no lo cuente.

En casa, el problema no fueron los vientos. Bueno, sí, pero no, porque todas las casas de mi urbanización son de cemento. Por casa, el demonio fueron los caños. Mi urbanización queda entre dos caños y un llano que da directamente a la costa, pero jamás se había inundado. Mami jura que ni para Hugo.

La cosa es que no sé por qué pasó, ni cómo pasó, pero pasó. O los ríos no estaban dragados, o los escombros taparon el canal, pero todas las aguas del mundo se salieron de cauce. No fue el agua en sí, sino el fango, la arena, el babote que arrastraron las aguas.

En medio del huracán tuvimos que treparnos al techo de la casa. El agua subía por las paredes y no hubo de otra. Ya era demasiado densa la corriente para escapar del barrio. El carro estaba enterrado en el fango. Entonces, la vimos a ella.

Era una muchacha que vivía sola con su nena. Creo que recibían ayudas de Plan 8. La casa que le subsidió el gobierno se le llenaba de agua. Ella estaba allí con la bebé en brazos, intentando hacer lo que nosotros; lo que tuvimos que hacer mi mamá y yo: subir por las rejas de la marquesina hasta el techo. Pero resbaló. Fue cuestión de segundos. Resbaló ella y se le resbaló la bebé de las manos, o el viento se la arrancó de los brazos mojados mientras ella la cargaba contra la cintura e intentaba subir la verja.

Yo me tiré a ayudar. Pero mami se asustó: «Gabriel que no, que no, Dios mío, te lleva la corriente, y si te pasa algo a ti también, Dios me mate ahora mismo». En lo que dudé, vi una mano y una manita y un cantazo de agua con fango. Entonces mami me agarró por la manga de la camisa y no supe más.

Encontraron un zapatito de bebé y una sandalia enterrados en los cinco pies de fango que terminaron inundando casi todo mi barrio. También encontraron perros muertos, caballos muertos, gallinas, carros, muebles, enseres eléctricos. Un vómito de cosas. Mi barrio empezó a oler a muerte. A la semana, al fin llegaron los camiones de carga y se abrió paso hacia la carretera principal.

Nos explicaron que había habido un derrumbe en las montañas y que el golpe de río arrastró todo ese fango encima.

De la muchacha no sabemos nada. Mi madre dice que no hable. Unos familiares que vinieron a entregar la casa alegan que ella se llevó a la nena para Orlando. Que anda por allá.

La viejita

Se me muere, se me muere, se me muere Mami, pensé yo, cuando se nos fue la luz. El huracán nos agarró en casa de la Vieja, en la montaña. Me fui para allá a cuidarla. Primero pasaba a darle la vuelta, pero luego, me mudé de lleno. Fue después que perdí el trabajo. Nancy, mi hermana, no aguantó más y se mudó a North Carolina cuando la botaron de la agencia. Ya estaba cansada del correicorre de cuando mami se encamó. No quedaba nadie más que yo, así que me hice cargo. Los planes eran que la Vieja se estabilizara un poco y hacer el papeleo para buscarle buen servicio médico por allá afuera. Después yo la llevaba para allá. Hasta teníamos fecha para mudarla. Pero entonces llegó María.

Pasaron los vientos y la casa aguantó. Yo la había asegurado. Soy un duro en construcción. Llevo años en eso. Además, tan pronto hice chavitos, yo mismo le levanté las paredes de cemento a la casa de la Vieja y aseguré el balcón de madera con tornillos de los largos, traspasando la pared hasta el otro lado. El techo era de zinc, pero aguantó. Usé el mismo sistema con las planchas y le abrí ventiladores. Teníamos cisterna y alambrado eléctrico. Pero el poste se cayó y nos quedamos sin luz. Yo había comprado una planta, no hubo forma de salir a comprar más gasolina.

El problema es que acá en los cerros de Orocovis hubo demasiados derrumbes. Carreteras sin paso. Para llegar hasta acá hay que agarrar como diez minutos de camino vecinal. Todo se derrumbó. ¿Entonces, cómo conseguir paso de ambulancias? ¿Cómo hacía yo

110

para llamar a una, si no teníamos señal? La planta rindió dos días enteros, pero después no había manera de dejar a la Vieja sola. El tanque de oxígeno no nos iba a durar muchos días. Quizás tres. La máquina solo funciona con luz, y nosotros sin luz. Se me muere. Se me muere la Vieja. Se me muere la Vieja. Se me murió…

La Vieja empezó a resoplar al segundo día que nos quedamos sin planta, a hacer eso que hace la gente cuando se está muriendo y yo lo sé porque lo vi, lo viví completo. Allá en el silencio del cerro, a oscuras, en la soledad, me abrazó ese resollar cortado de criatura que no encuentra respiro. La Vieja me duró otro día más o algo así. Todas esas horas de agonía, no sé cuántas, me las chupé enteras. Si tomé agua fue mucho. Yo le mojaba un trapo y le humedecía los labios en lo que ella resollaba. Cada vez eran más lentas las respiraciones y más callados los resuellos. Mi Vieja era fuerte. Ya la mirada se le había perdido, pero el pecho seguía batallando. Primero empezaron los quejidos y un mugido de aire desde dentro de los pulmones, como si parte del huracán se le hubiera quedado encerrado allá adentro. Es cuestión de horas, pensé, pero no contaba con que iba a durar tanto.

Tomaba un traguito de agua yo y le pasaba alcoholado y el trapito húmedo por los labios. No podía moverme de allí ni llamar a nadie. Teníamos galletas y salchichas y si me comí alguna, no lo recuerdo. Al amanecer del tercer día, la Vieja soltó un rugido grande de viento y se quedó con los ojos abiertos, mirando hacia el techo. Yo me eché a llorar. Creo que era de cansancio. Imagínese, ver a la madre morir encerrado en un campo, solo, sin poder llamar a nadie.

No sé cómo me levanté. Le tapé la cara a la Vieja con el mismo trapito y bajé cerro abajo hasta el pueblo. Me tomó casi seis horas andar un trayecto de diez minutos en carro. Pero qué iba yo a sacar el carro del camino de la marquesina, si aquello parecía una jungla de escombros retorcidos, ramas partidas y hojarasca tumbados en el suelo. No había forma de pasar.

Me arrastré por el fango de los derrumbes, brinqué palos caídos. Y caminé. Caminé no sé por cuántas horas. Andaba raspado y lleno de la sangre verde de las hojas, sucio de barro. Ya no sabía cuál sangre era la mía. Cuando vi la carretera que va para el pueblo, me senté en una verja a coger aire. Entonces pasó Gustavo, uno con el que trabajé por años haciendo chivos en construcción. Él me habló y yo le contesté, pero no sé ni qué le dije. Loco. Yo me veía contándole que se me murió la Vieja, que nos quedamos sin oxígeno, que estuve allá arriba hasta que no respiró más. Me oía hablando de lejos. Era un yo, pero a la vez otro el que contestaba. No sé ni si fue Gustavo el que me llevó al hospital del pueblo y luego a donde tenían a los refugiados. Aquí estoy esperando a que me asignen una ambulancia una vez abran los caminos para ir a recoger a mi Vieja. Por lo menos acá hay agua y comida y gente que me habla.

Me pusieron un doctor para que le contara lo que siento. Ahora no siento nada. Ando esperando. Pero rápido me pongo a hacer cosas, cualquier cosa, a hablar con gente porque pronto me toca ir allá arriba, a no sé cómo recoger el cuerpo de la Vieja y darle cristiana sepultura. No sé si quiera ir. Si pueda hacerlo yo.

Acá me enteré de que por las montañas de Castañer, a uno le pasó lo mismo que a mí. Se le murió la Vieja. Esperó con la muerta cuatro días en la casa y después, cuando vio que nadie vendría a ayudarlo, la enterró en el patio. Después buscó una soga y se ahorcó.

No aguantó el embate.

Yo lo entiendo.

Qué bueno que a mí me dio por tirarme a bajar la jalda. Si no, quizás también hubiera terminado guindando de algún palo de los que quedaron de pie en el patio de la casa de la Vieja.

Richard Martínez. Bo. Planá, Manatí

Lo perdí todo. Carro no tenía, pero la casa se fue completa. Era una porquería en un terreno que me dejó mi abuela, allá en Planá, del otro lado de la autopista. Se metió un golpe de viento y la tumbó, como si fuera una casita de briscas. Primero se le fue el techo, plancha por plancha. Yo me refugié en casa de don Víctor, que es de cemento. Como a las tres horas, se metió otro golpe de aire y tumbó una pared de la casita, después la otra. Y ya. Nada. Ni cama, ni nevera, ni estufa, ni sofá, ni ropa, ni televisor.

Así que ni me reporté a trabajar a la semana. Estaban buscando choferes para repartir diesel para las plantas de los negocios, choferes para repartir gasolina a gasolineras. Choferes para repartir suministros, choferes de tumba para sacar escombros. Pero yo no me di por aludido, ni aunque tengo licencia al día. Bajé hasta Guaynabo, hasta el taller y pedí que me liquidaran el sueldo de la semana. Después le pedí prestado el celular a Panchy y saqué pasaje para allá afuera.

Yo no vuelvo a Planá. ¿Para qué, si lo perdí todo? Mejor me voy a empezar a otro lugar desde cero. Al que sea.

Carmen Villanueva. Líder comunitaria

Tú sabes que yo hago lo que sea por mi comunidad. Y este es el momento de hablar, de decir lo que pasa. Lo que la gente no entiende es que mi comunidad está compuesta por gente que trabaja. Vivimos en parcelas, pero la inmensa mayoría de los que somos de Hillbrothers trabajamos de electricistas, albañiles, empresarios. En la comunidad viven dos o tres ingenieros de obra, seis abogados, dos camarógrafos, personas que trabajan en la banca como *tellers* o tramitando préstamos. Muchos son comerciantes y tienen sus propios negocios. También tengo maestros.

En Hillbrothers no hubo mucho daño estructural. Perdimos la luz y algunos techos de casas. Pero lo peor es que muchos se quedaron sin fuentes de ingreso, sobre todo los comerciantes, al estar la Isla tantos días sin luz. Entonces caemos en el juego. Sacamos a los hijos de la Isla y nos cogen de sananos, porque cierran escuelas. Les damos la ficha de tranque; se las ponemos en la mano. ¿Cómo van a abrir escuelas, si no tienen nenes para completar treinta alumnos por salón? Siguen repartiendo suministros. Hay casas con estibas de agua y comida, pero sin techo. Ya hay comida, pero no tienen dónde ni cómo cocinarla. Y cada vez que llueve, se mete el agua a la casa. La ropa que consiguieron se pierde, los colchones que consiguieron se pierden. Así seguimos donde estábamos.

De afuera quieren traer brigadas para levantar techos. Pero lo que necesitamos son recursos para comprar materiales a los negocios locales, LOCALES, hay que insistir en esa palabrita; y emplear a nues-

114

tros trabajadores. Levantar la economía local desde aquí. Nosotros tenemos carpinteros, albañiles. Yo misma vengo de una familia que vivió de la construcción. Mis primos, mis tíos. Nosotros sabemos lo que tenemos que hacer. Lo que necesitamos es acceso a los recursos, al dinero. Que el gobierno no se quede con todo. La mano de obra y la pericia la tenemos ya aquí. No necesitamos que nos rescaten de fuera. Porque después la gente se va y los que nos quedamos contra viento y marea, vivimos peor que antes.

Paxie Córdova

Este cuento no puede salir a la prensa porque de todas maneras vamos a quedar mal. La nueva moda es que familias enteras que se han quedado sin casa están invadiendo escuelas. Contabilizamos cuatrocientas escuelas cerradas. Vamos por ciento ochenta y siete familias sin casa, pero estimamos sobre mil ochocientas. Haz la matemática.

Esta en particular ha conseguido que quince jefes de agencia se reúnan una vez a la semana para resolver el entuerto. Departamento de la Familia, Vivienda, Salud, Obras Públicas y unas cuantas más. Sucede que la familia que invadió una escuela no se quiere ir a una vivienda pública asignada que ya le conseguimos. Y no es porque la vivienda no sea propicia, no esté en buenas condiciones ni porque los estemos reubicando fuera de su pueblo. Es por los caballos.

La familia está compuesta por padre, madre, tres muchachitos y cuatro caballos. Han convertido salones en establos, con trancas de madera, paja y palanganas para el agua. Los caballos duermen en cuatro salones, ellos en otros tres restantes.

Cuando fuimos a hablar con ellos para indicarles que ya les habíamos conseguido una vivienda segura nos preguntaron: «¿Y los caballos? Estos cuatro fueron los únicos que no se ahogaron en la crecida del río. Nosotros no nos vamos sin nuestros caballos».

Y ahora, ¿en dónde los vamos a meter? No tenemos residenciales con establos.

QUINTA PARTE

Los refugios

Puente Blanco, Las Mareas, Planá, Ingenio, Candelaria. ¿Qué hace falta? *Pampers para encamados, lápices, tiza, se mojaron todas las libretas, se perdió la biblioteca. Usted es la escritora, ¿verdad? Hay mucho qué contar, que la gente se entere.* ¿Qué hace falta? *Filtros de agua, arroz, carnes secas, pero más urgente el agua, una actividad para que los nenes no se aburran, para que no recuerden lo que les llevó la crecida del río. Escriba, escritora. No se le vaya a olvidar.*

Sabana Hoyos, Guayanés, Mariana, Medianía, Torrecillas. ¿Hace falta algo más? *Hoy es mi cumpleaños, pero a la casa se le voló el techo. El poco padre que tenía se fue para afuera a trabajar. Tengo que sacar, tengo que sacar a mi hijo que, si no, no se gradúa. Trabajo, necesito trabajo. No me venga usted con una cajita de agua, con eso no pago el préstamo. Escriba, escritora. No se olvide de mí.*

Repelente de mosquitos, carbón, una lavadora, ropa XXlarge. Un brazo, me lo llevó el derrumbe. El brazo no, que eso ya es comida de lombrices. Un referido para una prótesis; eso es lo que en verdad necesito.

Necesito que me devuelvan al nene. Lo llevé a casa del padre para que estuviera más seguro durante el huracán y ahora, el muy listo, no me lo quiere devolver. Es por el caso de revisión de pensión; estoy segura. Antes del huracán, le puse un caso en corte y ahora se está vengando.

Un referido para mi tía. No quiere salir del cuarto. Dice que tiene los vientos metidos en la cabeza.

Mi perrita, que se me murió, un árbol le cayó encima. ¿Tomó nota?

Sí, deje los libros, pero no veo ninguno que cuente de otras tormentas. ¿Hay algún libro que narre de las otras tormentas? ¿Hay algún libro que hable de mi país?

Llegamos a una escuela refugio en Barrio Lerá. Nos pidieron que ofreciéramos un taller de escritura para aquietar la ansiedad. Entraron veinticinco muchachos en un salón dispuesto para la actividad, entre ellos, una niña, rubia, con ojos verdes, quinceañera pero con cuerpo de mujer madura. *Yo no quiero hacer esto. ¿Y qué es esto?* Escríbelo. *¿No que la escritora es usted?* Escríbelo como quieras. *No sé escribir. Me confundo con los acentos, con las comas y las «s» y las «c».* Eso no es escribir, eso es redactar. Escríbeme lo primero que te venga a la mente. Tienes tres minutos, por reloj. *Lo perdí todo y lo encontré todo. Ahora quiero ayudar. Quiero trabajar para la comunidad. Antes le tenía miedo a todo, pero vino el huracán. Arrasó con la casa de mis abuelos. Nos tuvimos que venir al refugio. Ahora sé qué quiero hacer para el resto de mi vida. Ayudar a la gente. ¿Trabajo social? ¿Así es como se llama el puesto de los que ayudan a la gente? Quiero estudiar eso.*

Yo quiero ser chef. Un muchacho oscuro con cara de matón rompe en llanto en medio del taller. Las lágrimas le borran el semblante de tipo rudo. *Primero pensé que me quería ir para el ejército. Lo que mi hermano se hace me parte el alma. No lo puedo sacar del vicio, no quiere salir. Mi madre sufre. Tengo que hacer algo. Pero la hornilla, los sazones me llaman. ¿Usted me cree? Si lo escribo, ¿se hace realidad? Que mi hermano se cure. Que mi madre sonría. Que encuentre cómo hacerme chef de cocina en un restaurante cuando regrese la luz.*

Mi tío se suicidó hace una semana. Era de la policía. Nadie sabe qué pasó. Bum, se pegó un tiro a la cabeza. Deme un libro que me explique eso, o que detenga las preguntas que zumban en mi cabeza; las que mi tío ya no puede contestarme. Vuelva. No se olvide de mí.

Mi abuelo ahora necesita un marcapaso. María le dañó el corazón. Todos los hijos se le fueron. Nos dejaron a los tres primos, a Marilda y a mí con él. Ahora no hay luz, no hay trabajo. Mi abuelo es lo único que tengo. Esta casa es lo único que tengo. La única que pasa por aquí es una amiga que vive en San Juan. Si no fuera por ella. Si no fuera por usted, no tendría cómo decir lo que siento.

¿Aquí? Sí, aquí. Llego a otra jalda olvidada, a otro pueblo, a otra playa. A otro barrio de pescadores. *Yo soy socióloga, pero trabajo de oficinista. Yo estudio diseño, pero me voy para allá afuera. Mi pai era maestro. Mi madre era oficinista en el municipio; le encantaba leer. Déjeme este libro. Se lo llevo a ella. ¿Puedo quedarme con este otro?*

Escriba, escritora. Cuénteles lo que pasó. No se olvide de nosotros.
¿Ese nene es suyo? Tiene cara de buena gente. ¿Y la nena? Es una princesa. *Yo no soy ninguna princesa, ¿verdad, mamá?* Escritores, llamen a más escritores. Ahora la gente quiere otra cosa. *María acabó conmigo.* *No conocí lo que era hambre y era sed hasta la tormenta. Ahora entiendo a mi abuelo. Él me contó que con Hugo se quedó tres meses sin luz. Tres meses. Llevamos semana y media, y yo me estoy volviendo loco.*

María me enseñó a confiar en mis vecinos. María se llevó a mi madre, ahora la extraño. Nos dejó solos a mi padrastro y a mí. Es el único padre que conozco, mi padrastro. ¿Hay un libro que trate de eso? Este es sobre monstruos. *Yo soy un monstruo. Mi mamá salió del clóset. Se fue con una novia que tenía. Yo creía que las madres no eran homosexuales, que solo lo eran otras mujeres, y eso está bien. ¿Eso está bien? ¿Qué le hizo el huracán a mi mamá? Nos voló otro techo, un techo de cristal.*

Mi tío me tocaba. Ahora se fue de casa de mi abuela y puedo decirlo. Mi tío nos tocaba a mi primito y a mí. Las maestras no me creen. Dicen que necesito agua, suministros. Lo que yo necesito es que me crean. Mi mamá dice que no hable. Que llamarán a Servicios Sociales. Escriba, escritora, eso. Usted me cree, ¿verdad?

Necesitamos más escritores, más músicos, más cuentacuentos. *Allá alantito hay una comunidad a la que no la ha visitado nadie. Están en necesidad. Venga, yo la llevo. Yo los llevo. Es cerquita. No nos deje esta caja de libros, ni esta caja de libretas. Los nenes de esta escuela tienen libretas. Allá no hay luz, ni agua, ni va a haber. No nos dejen esta caja, llévensela a ellos. Acá no estamos tan mal.*

Yo te acompaño, dice Helena. *Yo te acompaño,* Tere Dávila. *Yo voy,* Modesto Lacén. Ricardo Martín. Tina Casanova, Sigfredo, Arlene Carballo. *Llámame, voy,* Ángel Matos, Samuel Medina, Juanluis, Alejandro. *¿Qué necesitan?* Que los oigas, que escriban, que se saquen el dolor del pecho. *No puedo ir. Debo cuidar a mi nieta. No puedo escribir, perdí algo. No tengo voz. Lloro todas las mañanas. Toma estos libros. Llévaselos tú. Yo sí voy, dime dónde.* Rabelo, Machuca, Tamara, Trotamundos, Ana Castillo, Gloriann, Betty Santiago, Sonia Alcántara, Mariposa, Bonafide, Raquel Salas, Sandra Rodríguez Cotto, Roxanna Matienzo, Némesis Mora. *Arroyo, Patillas, Guayama, Salinas, Ponce, Loíza, Río Grande, Canóvanas, Humacao, San Juan, Carolina, Arecibo, Aguadilla, Manatí, Vega Baja, Vega Alta, Vieques.*

La gente comenzó a tirarse a la calle a llevar suministros, agua, medicinas a gente sin techo, sin luz, con sarna, retrasos mentales, llagas de decúbito, depresión severa; a gente que no podía dormir, a familias enteras que se quedaron en la calle. Feligreses de iglesias, empresarios, estudiantes, médicos, secretarias, maestras, ingenieros, celadores, farmacéuticos, contables aparecieron por todas partes, a ayudar. Gente de a pie, gente en carro, gente de afuera, de adentro. Gente se iba del país, pero otra llegaba; primera generación, segunda generación, cuarta generación nacidos fuera; de madre húngara y padre ecuatoriano; vietnamita casado con boricua, hijo de dominicano ilegal, de haitiano ilegal, mexicano ilegal que vive en un campo de la Isla; gringo hace veinte años mudado frente a la playa para escapar del frío y de los impuestos del Norte; argentino, belga, francesa, libanés, pero de aquí. Chileno, tico, canadiense, de Wisconsin, nuyorrican, pero de aquí. La bandera comenzó a marcar cada árbol caído, cada edificio derrumbado, cada puente agrietado, cada casa arrastrada por crecidas de río. La bandera marcaba la ruta de lo que debíamos levantar.

¿Qué tú haces, Helena? ¿Y esos sobrecitos? *Tú sabes que no van a dejar salir gente de los refugios así tan fácil. Aun si les asignan vivienda, tienen que hacer una compra que dure unos cuantos días, y más si tienes familia con nenes chiquitos.* ¿Cómo tú sabes eso? *Se nota que eres poeta.* Billetes de a cien dólares. ¿Estos son billetes de a cien? *Yo tengo de más, amiga. Tú reparte libros. La comida es otro arte y tiene su política. No hay que tomárselo tan a pecho. Un número es un número y el dinero también se hace de papel.*

Sabanilla, Las Vegas, Punta Santiago, Alto del Cabro, Cacao, Trujillo Alto, Cubuy, Los Colobos, El Caño, Lloréns, Hillbrothers, Refugio Río Grande Pueblo. Mil personas. Tres mil setecientas personas. Visitamos, repartimos suministros y libros, y dimos talleres a nueve mil seiscientas treinta y ocho personas.

Escriba, escritora, escriba. No se olvide de mí.

Visita y rollo de papel

Octubre se coló en el calendario sin forma que nos dejó el huracán. Anunciaron por radio que la policía cerraría carreteras, apostaría soldados de la Guardia Nacional en las intersecciones de la ruta conducente al aeropuerto y a la capital. Trump fijó el 6 de octubre para visitar la Isla y hacer inventario de las pérdidas ocasionadas por el desastre. Por radio nos recomendaron que ese día todo trámite tendría que hacerse a pie, la búsqueda de gasolina, de comida, de medicinas. No explicaron cómo procederían para transporte de enfermos y rescatados.

Trump arribó a la Isla en la mañana. Lo llevaron en comitiva hacia los suburbios de clase alta donde usualmente residen abogados, ingenieros, publicistas. Muchos de estos se habían ido del país hacia sus apartamentos de veraneo en Miami o Vermont. Los daños en los suburbios no amontaban a mucho; árboles caídos, ventanas quebradas, inundación de calles. Ni a una de aquellas casonas se le había volado el techo. El problema era la luz. A los ricos tampoco les llegaba la luz.

Luego llamaron a gente del partido, buscaron a los pobres para que Trump les hablara. El gobierno le informó al presidente que, hasta la fecha, se habían reportado treinta y ocho muertes. *Entonces no fue una catástrofe*, respondió el mandatario. *Catástrofe fue el huracán Katrina. Sin embargo, su huracán nos está saliendo caro. Nos supone un quiebre en el presupuesto. Aun así, vamos a ayudar. Ahora bien, el gobierno federal, FEMA y la milicia no pueden quedarse aquí toda la vida. Puerto Rico tiene que levantarse por sus propios medios.* Luego, reporteros tomaron declaración de alguna «gente del pueblo». La historia recogida fue la misma: «Lo hemos perdido todo. Tengo un hijo encamado y no nos llegan sus medicinas. He perdido la finca. No puedo accesar el dinero de mi cheque de la pensión porque no hay sistema en el banco. Necesito con urgencia una planta para mi negocio. Agua, luz, tráenos luz, Trump». Como contestación, Trump arrojó un rollo de papel higiénico a la multitud. La gente alzó las manos, se peleó por el rollo de papel. Se logró la foto del momento, la que recorrió el mundo en red; la que provocó los ciento cuarenta y cuatro caracteres del twit, la campaña de Facebook que retrataba a una multitud hacinada en una isla apestosa a muerte, a agua empozada y orín de ratón; una isla que nadie sabía que existía, Vitrina de las Américas, territorio americano donde se habla español. Mientras los pixeles de la foto inundaban las pantallas de celulares del mundo entero, vagones repletos de generadores, de comida, cloro, filtros, de linternas solares, esperaban a ser descargados en los puertos de la Isla. Aduana no daba el visto bueno para comenzar la repartición gubernamental. Aviones repletos de medicinas también aguardaban señal. Barcos hospitales esperaban inquietos a que llegaran los necesitados de atención médica. Gobierno cerró el paso. Hasta que Trump no se fuera, nada se repartiría.

Trump se fue de la Isla el mismo día que llegó. No estuvo ni veinticuatro horas. La gente esperó entonces que la ayuda detenida en los puertos llegara. Pero de los puertos solo salieron camiones de combustible hacia hospitales, supermercados, sedes de partidos políticos y vecindarios de gente bien.

Dos días después de la visita de Trump, Alexia y yo logramos regresar al Colaboratorio. Debíamos recuperar la rutina de pautar salidas desde nuestro centro de operaciones hacia las montañas, las costas, los pueblos, visitar comunidades. También debíamos ocuparnos de acopiar suministros, separar donaciones en cajas, lanzar propuestas de búsquedas de fondos para algún día poder pagarle algo a los *voluntarios* —escritores, videógrafos, músicos y talleristas— que, sin ganarse un centavo, salían a atender damnificados. No quería que mi equipo se desbandara; que los escritores talleristas que había logrado convocar se tuvieran que ir del país a buscar mejor suerte y sustento. ¿Qué sería de la Isla entonces, con menos manos dispuestas a ayudar?

Alexia se ocupaba de hacer llamadas para conseguir a psicólogos que ofrecieran servicios a las comunidades que visitábamos. Nosotros, los artistas, podíamos acompañar, hacer que la gente hablara, distraer de la tragedia, pero no teníamos la preparación para eso otro que veíamos manifestarse por todos lados. Ojos vidriosos, miradas perdidas, fantasmas y secretos ocultos que escapaban por cualquier rendija a la más leve provocación. Desde que entramos al Colaboratorio, nos dimos a la faena. Mis hijos se fueron calladitos a sentarse en algún rincón donde hubiera señal y a gozar unas horas del fresco que prodigaba el aire acondicionado de la oficina.

A mi celular entró un mensaje de texto. Era de Iris, la administradora del equipo. El mensaje era escueto. Foto de una cerveza bien fría. Por el fondo se veía que se la estaba tomando en Libros A/C. Abajo, una sola frase: «Levantaron la ley seca».

Por poco grito. Nunca he sido de mucho beber, pero esos eran tiempos diferentes, tiempos de estímulos constantes, duros. No había cómo enfrentarlos sin un chin de anestesia.

—Lucián, Aidara, vámonos a Libros A/C. Alexia, hay cervezas frías allá enfrente. Déjame textearle a Iris para que nos compre dos.

—Que sean cuatro. ¿Y el toque de queda sigue a la misma hora?

—No sé, querida. Vamos a gozarnos una libertad a la vez.

—Es para ver si atrapo al nene en casa de su padre cuando vuelva. Siempre regresan al filo del toque de queda.

—Tengo un plan. Crucemos la calle. Nos tomamos unas cuantas cervezas. Le compramos algo a los nenes. Tú llamas a quien tengas que llamar. Si no, ya está bueno de andar persiguiendo al mequetrefe de tu exmarido. Mañana no salgo a misión. Con la rasqueta que voy a coger esta tarde, de seguro por fin duermo hasta entrada la mañana.

—Yo les digo a los de la Coalición que no salgo a hacer entrevistas a los centros.

—Entonces te vistes bien bonita, te llevas mi carro y aunque le gastes el tanque completo de gasolina, vas hasta el apartamento del animal y esperas a tu hijo allí. O lo persigues por toda la ciudad. Que el padre no te vea desesperada, ni sudada, ni a pie. Basta de abuso.

—Ay, nena, de verdad, gracias. Tú sabes que me iría en mi guagua si no tuviera tan roto el parabrisas. No se ve nada.

—Yo no sé por qué no te ofrecí mi carro antes.

—Te juro que hasta llamé a Servicios Sociales, pero no hay nadie que te coja la querella. Los tribunales están cerrados.

—Ese tipo es un abusador. Se está aprovechando del descalabre.

—Es por joder. Lo conozco.

—Pero ¿a qué se debe tanta ponzoña?

—Ay, mija, hay gente que se cree que se merece todas las deferencias. Si les niegas un capricho, uno solo, se dedican a hacértelas pagar el resto de tus días. Así es el padre de mi hijo.

—Brindemos por él. Que la tierra le sea leve en su próxima morada.

A Alexia le tomó cuatro años convencer al padre de su hijo de que le diera el divorcio. Después de vejaciones sin fin, cuernos y abandonos, Alexia se decidió a emitirle demanda. Entonces, el marido quiso convencerla de que la amaba; de que no debían romper familia ni acuerdo de bienes mancomunados. A fin de cuentas, él había perdido a su padre. Sus infidelidades, bebelatas y agravios fueron a causa de ese dolor, de la confusión, el desgarre interno por la orfandad. Pero ya Alexia había visto de lo que era capaz su exmarido; de sus bajezas sumergidas en alcohol, en busca de mujer mejor que ella, más afín al nuevo estatus de heredero que lo consumía. Fue astuta. Recordó las palabras de su abuela: «Los hombres podrán ser la cabeza de la familia, pero la mujer es el cuello». Sabía que el padre de su hijo había heredado también acceso a todo el dinero del mundo para sumirla en tribunales por el resto de sus días. Ella nunca fue oriunda de la claque que gobierna; de esa claque que legisla, litiga, amasa riquezas, abre *trust-funds*, contrata y emplaza.

—Te entiendo, cariño —le dijo—. Yo tampoco quiero romper nuestra familia. Pese a todo, también siento por ti, ¿por qué negarlo?

Pero ya para mí este matrimonio significa una coerción. Si tú me das el divorcio, yo no me voy a sentir obligada a volver contigo, sino que regresaría porque quiero. Llevo cuatro años esperando ese acto de fe, de confianza en nuestros sentimientos y en nuestra unión. Por favor, firma los papeles del divorcio.

Quién sabe cuánto el alcohol ya había afectado la razón del tipejo. Quién sabe qué cuerda extraña tocó Alexia con su «sentido» argumento. La cuestión fue que el padre de su hijo firmó los papeles del divorcio. Alexia fue mujer libre.

—Después le dije que lo había pensado bien y que mejor me quedaba sola, dedicándome al nene. Y fíjate, sí. En esos tiempos conocí a varios nenes y me dediqué muchísimo a ellos. Ojo por ojo y cuerno por cuerno. Además, yo siempre le dije la verdad. Jamás le especifiqué a qué nene iba yo a prodigarle mis cuidados.

Alguna de aquellas interminables noches en la terraza de los huracanes, Alexia me había hecho el cuento. Ahora caminábamos hacia Libros A/C a comprarnos una cerveza. Lucián y Aidara nos seguían detrás, a pasos largos.

—Si hay mangas nuevos, mamá, ¿me compras uno? Ya terminé de leer todos mis libros.

—Seguro, Luc.

—O uno de la Segunda Guerra Mundial. O el de Vietnam.

—Yo vi uno de Grumpy Cat la otra vez que vinimos. ¿Puedo coger ese?

—Yo creo que debes comprarte dos, Aidara.

—Aún no termino de leer el que me compré antes de que llegara Trump.

Entramos a Libros A/C. En la librería había algarabía. Unos comían, otros reían a carcajadas, cerveza en mano, revisaban sus celulares, mandaban mensajes aprovechando que en el establecimiento había señal. Otros llamaban a amigos para invitarlos a un rato de relajamiento y juerga. Hacía falta volver a sentir que la vida no era tan solo sobrevivir.

—Aprovechen que están bien frías.

Abracé a Iris. Casi le arranco la cerveza de la mano. De dos o tres gulgules, me la bajé hasta casi la mitad.

—Hay *happy hour*. Dos por cinco dólares.

—Yo pago la próxima ronda —ofreció Alexia.

Los nenes se fueron a la sección de literatura infantil y se tiraron en el piso. Desde la barra, los divisaba.

—Niña, ¿y qué? ¿Pudiste comunicarte con la familia? —le pregunté a mi administradora.

—En Ponce ya llegó la luz, menos a papi, porque espera trepado en los campos. Mi hermana se lo quiere llevar a su casa, pero no hay quien lo obligue a dejar sola la finca. Nos lleva al palo.

—¿Cómo anda de la cabecita? —esa era Alexia, preguntando. La psicóloga en ella no cesaba de trabajar.

—Principios de Alzheimer.

—Por eso. Los pacientitos de Alzheimer se desorientan mucho si los sacas de su entorno. Tenle paciencia. Y no te ofusques, porque no lo vas a hacer entrar en razón.

—Esa la perdió hace rato, antes que le diera Alzheimer. ¡Es terco!

Yo iba por la segunda cerveza. Entró llamada. Era el Gabo.

—Negra, ¿por dónde tú andas? Estoy estacionándome al frente de tu casa.

—Levantaron la ley seca.

—Lo sé. Te traje media caja de Medallas bien frías.

—Ando con los nenes y con Alexia en Libros A/C.

—¿Ya consiguió que le entregaran al nene?

—Te cuento cuando te vea. Si me esperas, voy bajando.

—¿Andas en carro?

—No, a pie.

—Quédate ahí, yo subo a buscarte. Hay jelengue en la Placita del Mercado. La gente quiere celebrar algo, lo que sea. Ya está bien de tanta tragedia.

—Concuerdo.

—También te traje tabaco y unos quesitos para los nenes.

—Eres un gran suplidor.

Las cervezas me habían puesto coqueta.

—Pero estoy todo sudado. Hoy estuve con una escuadra picando palos que habían tumbado la verja en el edificio de mi madre. Los merodeadores se estaban metiendo por allí y robándose la gasolina de las plantas, las baterías de los carros. Un desastre. Ando con el machete en el carro.

—No hay cosa que yo encuentre más *sexy* que un hombre que empuña machete.

—Sata. No te muevas. Voy para allá.

Gabo llegó, nos recogió en la librería y nos llevó a la Placita del Mercado. Allí tronaban las velloneras. Las cervezas corrían de mano en mano. La calle estaba atestada de gente. Un restaurante servía comida gratis a todo el que se acercara a degustar, matar el hambre o bajarse la nota. Carro que pasara por el litoral comenzaba a tocar bocina y la gente a saludarlos. Todos éramos hermanos, celebrábamos la ocasión de estar vivos, en compañía. Las cervezas que trajo el Gabo desaparecieron. No sé a quién le regalé una, cuántas me tomé yo, cuántas repartió él. Llegaron carros al restaurante a pedir comidas para comunidades.

—Cien platos para Playita, ochenta y tres para San Lorenzo.

Tal parece que los comerciantes del litoral se habían organizado. Un chef español dirigía la operación. Otros llegaron a ayudar, donando suministros de sus cocinas para no desperdiciar la compra que lentamente se descomponía en sus establecimientos vacíos. No había luz. Llevábamos dos semanas sin luz, quizás tres. Ya era imposible precisar. Los días se sucedían según otro ritmo. Ese día se estableció otro.

Alexia conversaba con un tipo de lo más apuesto. Lo había visto por el vecindario. Sonreía coqueta, calmada. Mejor cuadrábamos la misión de ir a buscar a René más tarde. Mis hijos corrían por la placita, intentaban escalar unas esculturas de enormes aguacates que el municipio encomendó para adornar el lugar. Brincaban de vegetal en vegetal y reían.

—No, los aguacates son frutas —escuché a mi hija explicarle a su hermano.

Gabo conversaba con unos amigos. ¿Aquella era gente conocida o se los topó al vuelo? Se me fueron los ojos contemplando sus brazos fibrosos envueltos en camisa a cuadros, sus pantalones manchados de cemento, sus piernas largas terminando en botas de constructor, el color rojizo de su perfil bajo la boina. El Gabo me notó mirándolo. Me regaló una de sus sonrisas, una guiñada de ojos, un resbalar sobre la acera, sobre la brea, para comerse la distancia que nos separaba a dos zancazos. Puso otra cerveza en mis manos y el aire se llenó de la tensión de siempre, la que nunca se ha ido, ni con los silencios, ni con las incertidumbres de «lo nuestro»; ese algo que nos acerca y nos aleja, que no nos deja irnos, al menos, no a mí en pos de otros rumbos y de otros cuerpos más contundentes que la promesa del suyo.

—Pronto va a ser hora del toque de queda. No hay ni un semáforo encendido desde aquí hasta casa. Creo que me voy yendo.

Miré hacia la esquina. Alexia todavía conversaba con su marchante.

—Nosotras nos quedamos un ratito más. Son cuatro cuadras hasta casa. Llegamos bien.

Me plantó un beso húmedo en la esquina de la boca.

—¿Ya tienes mejor señal en el celular?

—Casi normal.

—Tírame un texto cuando llegues, para quedarme tranquilo.

Al otro día, Alexia se llevó mi carro. Fue en busca de su hijo. Nosotros nos quedamos en la casa. Barrí la arena de todas las mañanas, levantamos los colchones del piso. Los nenes me ayudaron a lavar ropa a mano, tirándose piezas mojadas y resbalando sobre el agua de jabón que regaron por toda la terraza. Se echaron agua con la manguera, se hicieron máscaras de superhéroes con ropa interior. Jugaron juegos simples que les proporcionaron alegrías esenciales. Luego fuimos juntos a buscar comida y a dar una vuelta por la playa hasta el atardecer. Regresamos después a la casa, a esperar la noche.

Escuché voces por las escaleras y la puerta del apartamento abrirse como a las cinco de la tarde. ¿O serían las seis? Ya Lucián, Aidara y yo traqueteábamos con la planta.

—Marida, llegamos.

—Vamos a jugar PlayStation, Lucián.

Nuestros hijos se abrazaron.

—Hay que subir la extensión hasta el segundo piso. ¿Nos dejas, mamá?

—Pero espérate, Aidara, déjame sacar de la nevera lo que nos vamos a comer hoy. Después la desconectas.

—Paré en el colmado a comprar un vinito. Ya lo abrieron.

Abracé a mi amiga.

—Al fin, nena.

—Te tengo que contar.

Cocinamos y cenamos. Los nenes se pusieron a jugar videojuegos. Alexia y yo nos fuimos a libar nuestro vinito en la terraza de los huracanes. Mi amiga había recuperado a su hijo. Me contó que estuvo horas estacionada frente a la oficina del exmarido, llamando. Luego marcó a la abuela de René. La consiguió.

—Lidia puede haber parido a ese elemento, pero siempre ha sido sensata. Cuando el divorcio, siempre estuvo brindando apoyo, ocupándose del nene. Le expliqué que llevaba semanas sin ver al niño. Se puso de mi parte.

Parece que el cuello de la madre terminó de enderezarle la cabeza al hijo. Al cabo de un rato, Alexia recibió llamada de René avisándole que estaba en el ascensor. «Ando en el carro de la mamá de Lucián», le advirtió, «la guagua color vino». Poco después, René corría a encontrarse con su madre. De lejos, Alexia atisbó la silueta del exmarido dando la vuelta de regreso al ascensor, sin acercarse al carro.

—Mejor que se regresara por donde vino, no fuera a ser que me pusiera creativa, se me resbalara el pie hacia el acelerador y le echara tu guagua encima.

—Sí, nena, mejor. No queremos otro vehículo afectado por el huracán.

—Entonces me entró llamada de Teresa. Tú sabes, mi amiga Teresa. ¿La conoces?

—No.

—Su hijo también va a la escuela de los nenes. Pues Teresa me recordó de un compromiso que yo había hecho antes del huracán de acompañarla a un viaje a Nueva York. Yo le dije que sí, que la acompañaba, pero con esto del huracán se me borró de la mente.

Hoy le confirmaron fecha de salida. Nos vamos el 14 de octubre, dentro de seis días.

—¿Qué vas a hacer con René?

—Me lo llevo. Así descansamos de todo esto. Además, creo que el papá se está tramando algo.

—¿Algo además de volverte loca?

—Me late que sí. Le voy a decir que vamos a visitar a mi hermano, a ver si no se pone con cosas. ¿Te llegó mensaje de que van a abrir la escuela de los nenes al final de esta semana?

—Pero si estamos sin luz.

—Operarán con planta.

—A ver cómo convenzo a Lucián de que es tiempo de volver a la escuela después de estas vacaciones forzadas. A ver si paso por la escuela de Aidara y averiguo cuándo la abren.

René, Lucián y Aidara seguían ensimismados. La planta se quedó sin gasolina. Prendimos las linternas. Aidara decidió que esa noche dormía en la hamaca. Nuestros dos hijos varones se echaron juntos en el mismo colchón. Pronto se quedaron dormidos.

Yo no pude conciliar el sueño, ni aun con el vino. Alexia se iba. En seis días se rompería aquella convivencia. Me quedaría sin sostén, sola con los hijos. Cierto que las cosas marchaban mejor. Allá en el sur, la ciudad de Ponce se electrificaba. Llegaban convoyes desde la Florida a electrificar hacia centro, este y norte de la Isla, donde habían ocurrido más destrozos. Decían que en Mayagüez, por el oeste, también había llegado la luz. Desde allá se darían a la faena de traer electricidad a la capital. Pero no se sabía cuánto iba a tomar.

Los días antes de la partida de Alexia fueron convulsos. Lucián le declaró guerra sin cuartel a regresar a la escuela. Fui discreta, comprensiva, estratégica. No sirvió de nada.

—Es que no entiendo, mamá. Aún no ha llegado la luz. ¿Cómo voy a estudiar en la escuela?

—En la escuela hay planta.

—¿Y las asignaciones? ¿Cómo voy a hacer las asignaciones si en nuestra casa no hay luz? No hay nada.

—¿No quieres ver a tus amiguitos? Te vas a atrasar en las clases.

—¿Qué clases? Empezó el semestre. Tuvimos tres semanas de clases. Tres.

—Lo sé.

—Pasó Irma. Tuvimos una semana más de clases. Entonces, vino María. ¿De qué clases me estás hablando? *I think they should just forget everything and start all over again.*

—Yo también pienso eso.

—Estoy perdido. No recuerdo nada de lo que me enseñaron. Hace calor. No llega la luz. No sé nada de mi papá.

—¿Quieres que lo llame?

—*That is not the point! I want things back to normal.* Quiero que las cosas sean como antes.

—Tenemos que adaptarnos, Luc, seguir hacia adelante, retomar las cosas que quedaron en el aire.

—Muchas gracias, mamá. Eso que acabas de decir no tiene ningún sentido. Me pone más nervioso. No voy a la escuela. No iré.

Aidara nos oía discutir desde una esquina de la sala. Fui a buscar una cerveza a la nevera.

—Estás bebiendo mucho, mamá.

—No es mucho, Aidara. Son solo dos o tres cervezas por la tarde.

—Antes no bebías nunca.

Respiré profundamente. Caminé de vuelta a la nevera. Allí dejé de nuevo la cerveza. Me senté al lado de Aidara, la abracé. Le acaricié el pelo.

—Lucián tiene razón. Yo tampoco recuerdo nada de lo que me enseñaron en la escuela. ¿La mía cuándo abre?

—No lo sé. Voy a intentar pasar mañana a ver si logro enterarme de algo.

—Yo sí quiero volver. Tengo ganas de ver a mis amigos.

—Todo se va a arreglar. Ya tú verás. Dicen que pronto llega la luz.

—A mí no me hace falta. Ya me acostumbré. Lo único que me molesta es el calor.

—Y los mosquitos.

—Y la arena.

—Que me levantes con el cucú en la cara.

—Tus peos y los de Lucián.

—Qué apestosos son, ¿verdad?

—Peste bubónica.

Logré algo de consenso. La escuela de Lucián solo abriría hasta las doce del mediodía. Le pedí que accediera a ir solo un día.

—*Okay*, mamá. *I'll go just for one day.* Pero me tienes que estar esperando afuera cuando yo salga. Tienes que estar afuera. Te tengo que ver.

—Espera, ¿no me puedo tardar ni cinco minutos?

—*That's the thing.* ¿Y si te pasa algo? Si te quedas sin gasolina. Si se inundan las carreteras. Si te caes por un barranco. Mamá, *you are it.* Aidara *and me and you, that is it. If something happens to you,* nosotros no tenemos nada más.

—Lucián, vas a estar seguro en la escuela.

—Mamá, yo lo sé. Pero ¿y tú? A ti no puede pasarte nada malo. Si algo malo te pasa a ti, algo malo me pasa a mí.

—¿El que estés conmigo todo el tiempo va a evitar que a mí me pase algo? Tienes que estudiar.

—No, mamá. Olvídate de estudiar. Es importante, pero ahora eso no es en lo que tenemos que enfocarnos. Si a ti te pasa algo malo y yo estoy contigo, estamos juntos. Nos pasa lo mismo a los dos. *Nobody gets left behind.*

Me quedé de una pieza. En todos estos días no había notado el conflicto que mi hijo cargaba encima. Me había enfocado en lo que debía hacer por ellos. Yo los tenía que cuidar, que proteger y alimentar, resguardarlos de los mosquitos, de la leptospirosis, del tiempo muerto, de la ausencia de rutina, de luz. Mi hijo preadolescente también llevaba su carga. Tenía que estar con su mamá; asegurarse de que la tenía al lado, de que su hermana menor y él estaban cerca. Tenían que resguardar el frente unido en que nos convirtió el huracán, actuar como unidad indisoluble, resistir juntos, encarar la hecatombe juntos y, si era preciso, afrontar los peligros que se presentaran, juntos también.

Demasiada responsabilidad para un niño de trece años.

Luego, fueron las lluvias. Se desataron unas lluvias torrenciales. Como el Municipio no había destapado alcantarillas todavía, las lluvias inundaron de nuevo la ciudad. Había inundaciones peores que con el paso de María. Se reportaron carros volcados, arrastrados avenida abajo y deslizamientos de lodo. La ciudad se convirtió en un enorme charco empozado. Alexia partió rumbo a Nueva York una mañana nublada. Ese día tan solo cayó una llovizna, pero al atardecer, la vaguada recrudeció. Miré toda la noche llover. Pensé en todas las casas sin techo, con toldos azules. Se me encogió el alma.

Había luna llena y llovía.

Entró una llamada del exterior.

—Prima.

—Hermana.

—Papi llegó el lunes y ya está en el hospital. Tenía una infección de orina, todo hinchado. Si lo dejaba en la Isla, se moría.

—Acá está lloviendo. No puedo respirar, Hildita.

—Ha sido mucho.

—Otra vez inundaciones por todas partes. A dos cuadras, la Ponce de León parece un lago. Quería comprar un pollo, Hildita. Un puto pollo asado para los nenes. No puedo salir. No puedo dejarlos solos, no puedo dormir.

—¿Pero Alexia no se está quedando contigo?

—Se fue esta mañana a pasarse unos días a Nueva York.

Se espesó un silencio por el auricular.

—Ya estoy lista. Cómpranos pasaje. Tengo que salir, Hilda. Sácame de aquí.

Salida de emergencia

Hicimos las maletas tan pronto nos levantamos. Después de cuatro días buscando, Hildita nos encontró pasaje para salir de la Isla sin luz. Salíamos a la una de la tarde. Acá todavía hacía calor y humedad. Pero allá era otoño.

De nuestros viajes de estudios, conferencias y visitas al Norte, siempre guardamos ropa de invierno: gorras, abrigos, bufandas. Es extraño cómo se toman previsiones para el cambio de estación, aun cuando se habita en una isla tropical. Mitad de la familia vive fuera. Me atrevo asegurar que en muchas casas de acá en el calor, hay al menos una bolsa guardada con ropas de lana. Haciendo las maletas me percaté de que nos hacían falta abrigos para guarecernos. En la Isla no encontraría dónde comprarlos. Todo centro comercial permanecía cerrado.

Tampoco era para alarmarse mucho. Hildita tenía cuatro hijos: Bombón, el mayor, de dieciocho años, acababa de entrar a estudiar en la universidad. Sus hijas Julita, Gely e Ivana eran mayores que Aidara, pero Ivana tan solo le llevaba un año. Algunos de sus abrigos viejos le podían servir. No sabíamos por cuánto tiempo nos íbamos de la Isla, aunque sabíamos que volveríamos. Pronto. Volveríamos tan pronto regresara la luz.

Llamé un Uber para que nos llevara al aeropuerto. No quise contactar al Gabo. Quería escapar de eso también, de la cosa que no se materializaba, barrunto en el pecho, incertidumbre de pedir favores sin saber cuánto podía contar con él. La terraza de los huracanes

136

se sentía desolada. Alexia ya no estaba con nosotros. Pasé demasiados días durmiendo a tiempo parcial. El agite del desastre no acababa de aplacarse. Los árboles caídos, las verjas, planchas de zinc aún yacían a la vera de la carretera. Vivíamos rodeados de demasiada cosa rota, muerta. Ya había pasado casi un mes desde el paso del huracán.

Entró la llamada de aviso. Abajo nos esperaba el conductor que nos llevaría al aeropuerto.

—Aidi, Luc, el taxi ya está aquí.

Bajamos. Tuvimos que caminar arrastrando las maletas de rueditas por el medio de la carretera. Todas las aceras estaban ocupadas. Grandes camiones de tumba nos cortaban el paso. Tractores y grúas entraban en plena faena.

—Mira cuándo vienen a recoger los escombros, el mismísimo día en que nos vamos.

Un señor mayor nos esperaba al final de la calle.

—Espere que le ayude a acomodar las maletas en el baúl del carro —nos atajó.

Mis hijos se acomodaron en los asientos traseros. Yo me senté al frente. El señor comenzó a buscarme conversación.

—¿Ustedes también se mudan?

—Es por un tiempito, en lo que se estabiliza la cosa.

—Así dicen muchos de los que he llevado al aeropuerto. Esto no para.

—Nosotros no sufrimos pérdidas mayores. Es la luz. Difícil sostenerse tantas semanas sin electricidad con dos nenes chiquitos.

—Me imagino. Yo tampoco sufrí pérdidas, fuera de alguna ventana rota. Ya las tapié. Para no volverme loco, me reactivé como conductor de Uber. Tenía una cuenta, pero no le hacía mucho caso. La abrí tan pronto me retiré de mi trabajo en gobierno. Era contable de agencia. A mí me gusta hablar con la gente, sentirme útil. Y usted, ¿a qué se dedica?

—Soy escritora.

—Por eso su cara me parece conocida. Yo como que la he visto en la televisión.

—De vez en cuando me llaman para entrevistas.

—Pues fíjese, hasta por leer me ha dado desde que pasó el huracán. Hay que ocupar la cabeza en algo productivo. Si te sientas a mirar noticias, o a enredarte pensando qué va a pasar con las ayudas que no llegan, te vuelves loco.

—¿Ha ido a los campos a ayudar?

—De mi Iglesia vinieron a casa a buscar donaciones. Yo les entregué dos bolsas llenas de ropas de cama para que repartieran en los refugios. Uno guarda tanta cosa que no usa. Me hicieron un favor. Pero no he tenido tiempo de acompañarlos. No paro de trabajar. La gente se está yendo por vagones. Los conductores no damos abasto. Y usted sabe, a río revuelto, ganancia de pescadores. Hay que ganarse sus chavitos, y más ahora, con tanto gasto de gasolina para la planta, reparaciones de casa. Nadie sabe cómo se afectará la economía. Hay que precaver.

Los nenes contemplaban el paisaje por la ventanilla del auto. Aidara me notó mirándola.

—Mamá, los árboles ya tienen hojas.

Era cierto. La naturaleza mostraba signos de recuperación. Pequeños brotes verdes comenzaban a vestir las ramas de robles, almácigos y otros árboles que no se cayeron. Los observé absorta por la ventana hasta que dimos el viraje sobre el puente que nos depositó en el aeropuerto de la capital.

El reloj marcaba las cinco de la tarde y ya estaba oscureciendo. Un intenso frío cortaba el aire y la respiración. Luc, Aidara y yo esperábamos las maletas en la planta baja del aeropuerto de Hartford. Cada vez que se abrían las puertas automáticas para dejar entrar o salir pasajeros, el frío nos hacía tiritar.

—Abríguense bien, no vayan a enfermarse. Luc, ponte la gorra. Aidi, tienes esas manos como bloques de hielo.

—No traje guantes, mamá.

—No te preocupes, yo te compro unos por acá. ¿Dónde estarán tus primas?

—*Here they come!*

Envueltas en abrigos oscuros, mis tres sobrinas se acercaban a largas zancadas por el largo pasillo alfombrado. Atrás, venía Hildita, con su enorme melena riza columpiándose a cada paso. Me les adelanté. Los nenes también corrieron hacia sus primas.

—*Oh my God, you are safe!*

Nos tomó cuarenta y cinco minutos por auto llegar hasta el nuevo refugio. Mi sobrino mayor, Bombón, bajó descalzo y en camiseta para ayudarnos a subir las maletas a la casa.

—Bendición, Tití.

—Dios te bendiga.

—*Let me help you guys with that.*

—Bienvenida, primita. ¿Viste qué linda es mi nueva casita de muñecas?

—¿Y tus papás?

—Allá arriba. Esos casi no salen del cuarto. Papi acaba de ser dado de alta del hospital. Por poco las enlía. Les dejé el cuarto grande, que es de Bombón. Él está durmiendo en la sala. Yo con las nenas. Tú te puedes quedar con mi cuarto. Donde caben dos caben seis.

—Ahora vamos a ser diez.

Hilda me sonrió, tomándome la mano. Se me aguaron los ojos.

—Gracias, prima, de verdad. Tenía que salir ya de casa.

—Me di cuenta. Cuando me contaste frenética lo de las lluvias, noté que tenías PTSD.

—No, mi amor, ese síndrome postraumático yo lo he visto. A la gente se le hace vidrio la mirada.

—Digamos que noté los avisos de traumita. Pero ya estás acá y vas a poder descansar.

Entramos a la casa. Luz. Había luz. Luz en la sala, un televisor encendido. Luz en la cocina. Los nenes comenzaron a correr por la casa de sus primos, encendiendo y apagando interruptores.

—*Oh my God, Aidi, look!*

Lucián abrió la puerta de la nevera.

—La nevera enfría. *There is light!*

Aidara ya se había ido corriendo al baño. Abrió la ducha.

—*Hot showers!*

Los primos se reencontraban entre risas. Se abrazaban.

—*I was so worried, Titi. The news showed it so bad!*

Aidara le contaba a Gely y a Ivana cómo aullaba el viento.

—Lo peor no fue el huracán; por lo menos, no en casa. *We've been all over the Island with* mamá, *helping.* Hay gente que lo perdió todo. *But we were fine!*

—*A month without power! How did you people survived?*

—*One day at a time.*

Ese era Luc. No cesaba de sorprenderme. Mi queridísimo hijo había desarrollado una capacidad de abstracción que ya quisiera yo que tuvieran muchos adultos. Les contaba a sus primos lo que había aprendido: a lavar ropa a mano, a buscar agua a la pluma de abajo, a cocinar en estufa de gas, jugar veo-veo. Les quería mostrar algo que traía en la maleta.

—*And these. You cannot survive a hurricane without these.*

Sacó sus libros de historia de la Segunda Guerra Mundial y de Vietnam; un par de mangas japoneses.

—*Books?*—se burló Bombón.

—*Yes, my friend, without these you would go crazy.*

Pasé los siguientes cuatro días en casa de Hildita durmiendo. Dormía de día, de noche, de tarde. Cuando lograba permanecer despierta, tomaba una ducha, me acostaba a leer un libro. Me quedaba dormida de nuevo. Nunca noté que estaba tan cansada; pero no creo que fuera eso. Era que al fin podía bajar la guardia. Estábamos a salvo. La vigilia había acabado.

Sin embargo, no lograba apagar del todo las alertas. En ese vertiginoso mes durante el cual habíamos salido a los barrios, refugios, escuelas y parcelas, repartimos cajas y cajas de libros. Ya no nos quedaba ninguno. La normalidad se alejaba en vez de acercarse. Aparecían más lugares que querían que los visitáramos, llevándoles ahora, además de libros, talleres, tutorías para subsanar todas esas semanas sin clases, libretas y lápices, ya que anunciaban que reabrirían algunas escuelas.

La necesidad no hacía más que crecer. «Voy a volver con recursos», les prometí a los que se quedaron manteniendo el fuego vivo allá en la Isla. «Vuelve pronto», contestó Alonso con dos enormes bolsas bajo los ojos.

Los días subsiguientes, me dediqué a hacer llamadas. La diáspora se había activado desde los primeros días de la crisis. Hicieron colectas de ropa, linternas solares, suministros, toldos, camas inflables, dinero. Sacaron familias. Setenta y ocho mil puertorriqueños logramos salir hacia Orlando, Miami, Nueva York, Connecticut, North Carolina, Chicago. Pero a nadie se le había ocurrido suplir esa otra necesidad que se anunciaba y que no es «artículo de primera necesidad». ¿Cuál era esa otra necesidad? ¿Cómo se llamaba? ¿Cómo apalabrarla para que los de aquí entendieran que nos hacía falta otra cosa? No agua, no comida. Medicinas, sí. Había muchos enfermos, gente muriéndose a chorros en la Isla. Pero también había gente suicidándose. ¿De qué se trataba esa otra necesidad?

Tenía bastantes cómplices allende los mares. Mariposa Fernández, poeta. Sandra García, periodista y organizadora de arte para las comunidades. Gerston Rodríguez, periodista. Marta Moreno Vega y Mobey Irrizarry, profesores. Los había conocido en mis días de conferenciante, en lecturas públicas, congresos, reuniones; en todos esos ritos académicos y culturales de los que una participa para ganar validación. Pero yo acababa de descubrir otro lugar por el cual debía transitar la cultura, la necesidad verdadera para eso que llamamos arte. Era necesidad de conexión más allá de nomenclaturas que separan a la gente en bandos. Después de que María nos arrasó parejo, no nos sirvió más pertenecer a un partido o a otro; a una religión u otra, ni a una particular profesión. Solo nos sanó el imaginarnos una realidad alterna juntos, perseguir una melodía en los sonidos de las palabras, cantar, bailar, hacer algo que afianzara la idea de que se valía estar vivo; de que vivir constaba de más que dormir, comer, vigilar la depredación, protegerse de los peligros, acumular cosas. El huracán nos llevó de vuelta a reconocernos como primates esenciales, como las criaturas que éramos, encarando al viento. Nuestros *penthouses*, apartamentos, casas multipisos o sencillas edificaciones de madera y zinc se revelaron cavernas de segunda naturaleza para guardar alimentos, cobijarnos de la lluvia, recibir a los del clan. Solo el clan nos salvó, cuando el preciado fuego eléctrico cesó de iluminar nuestros enseres de lujo. Sin lujos, fuimos de nuevo animalitos que solo pueden vivir de los abrazos, de las palabras y de la presencia. La comida seguía ahí, alimentándonos. Pero alrededor de las historias contadas, se encendía otro fuego. La memoria repetida de los ancestros nos acompañaba hasta que el extraño entrañable se acercara a dejar de serlo. *Vuelve, ¿quieres café? ¿Estás bien? Te cuento lo que me acaba de pasar. Y a ti, ¿te pasó lo mismo? Escriba, escritora, escriba. No te olvides de mí, cuéntenos de nuevo nuestro cuento.* Yo debía volver, con más cuentos, más ocasiones para reunirnos a repensar lo que habíamos vivido. Una sola voz no iba a dar para narrar lo que acababa de pasarnos. Una sola presencia no podía prodigar los abrazos que la Isla necesitaba para levantarse. Necesitábamos que fueran muchos, una multitud de presencias y de voces.

Estaba cansada, muy, muy cansada. No soy multitud.

Debía avisarle a la diáspora y buscar refuerzos. Me dispuse a llamar a Mariposa Fernández. Suerte que contestó.

—*You just have to come down here, girlfriend. I'll call Bronx Poeticxs* y a los de Camarada. *Let me organize an event.* Lo voy a hacer en *La Marketa, up in the Bronx.* Llamo a NY1TV y aviso a toda la prensa que estás aquí. ¿Hablaste con Gerston?

—Le dejé mensaje.

—*Follow up on him. He's old school, you know. He's got pull.* A él le hacen mucho caso en todas partes. *The people from Loisaida have been collecting supplies.*

—*Do not send any more supplies,* Mariposa. *They are not letting them through.*

—*Who, why?*

—*Federal government. Local government. They. I don't know why.* Los puertos están atestados de furgones llenos de plantas eléctricas, comida, cajas de agua. Se las reparten entre los mismos alcaldes. No llegan a las comunidades, Mariposa. Además, en Puerto Rico ya hay comida.

—*But the news show so much despair. There is no electricity, mama. A month without electricity!*

—*I know,* Mariposa. *I was there.*

142

—*That's outrageous.* Te digo, si hubiera sido en la Florida, si fuera en una isla llena de gringos...

—*St. Croix, Dominica, they are even worse than we are.*

—Pero *that asswhole President.* ¿Tú lo viste cuando estuvo por allá?

—*No, honey, we were too busy surviving. We need people. We need the* diáspora *to come back* para que nos ayuden a reconstruir la Isla. *Do not give us any more stuff.* La cosa se está normalizando con lo del agua y la comida. Lo que nos hace falta son otras cosas. *Engineers, translators, teachers. Y'all have to come back. I'm telling you.*

—Pero es que *in the news* me dicen que Vieques y Culebra son un desastre. Quizás en San Juan *things were not that bad.*

—Eso es verdad. El área este es un destrozo, y por Orocovis y Naranjito el huracán pegó duro. *But there is no shortage of food nor water now.* La crisis es de otra índole. Te lo estoy diciendo, Mariposa.

—*Where are you now, in the city?*

—No, en casa de mi prima en Connecticut.

—Por allá también hay mucho boricua haciendo cosas.

—*I know.* Voy a llamar a los de la biblioteca de Hartford. Mejor a Mobey. Él me conecta.

—*So, you let me know when are you coming down.*

—Dale, seguimos. *In the meantime, please,* Mariposa, *do not send any more* suministros *by sea. They are stuck in the harbor. Federal government is not letting them go through.*

—*So, you come to read a poem or a story or something.*

—*Did you listen to what I said about the supplies?*

—*I hear you, girl.* Pero déjame decirte algo. *I don't think we are ever gonna to stop sending things.* No vamos a parar, Mayra. *We need to feel that we can do something, that we can help somehow or else, we go crazy. It's too much. We are the ones that left. And now we are over here.* ¿Qué hacemos aquí? ¿Qué podemos hacer desde aquí? *We can't ever go back. And now, it all feels so wrong; like we never left and at the same time like we abandoned you.* Ay, yo no sé cómo explicarlo.

Por esos días, me llamaron de la Biblioteca de Hartford para ofrecer una charla acerca de la situación en Puerto Rico luego del huracán. Luego, bajé a Nueva York para una serie de entrevistas por radio, prensa, televisión. Gerston me ayudó con sus contactos en la prensa. Esa misma noche, ofrecí charla en Hunter College. En todos sitios anuncié lo del evento que organizaría Mariposa en La Marketa, en el Bronx. También en esos días, recibí llamada de Melissa Mark-Viverito. No sé cómo consiguió mi teléfono, quizás a través de Mariposa.

Mark-Viverito era la primera mujer hispana en dirigir la Asamblea Estatal de Nueva York. Había nacido en Puerto Rico, de padres profesionales. Se fue a estudiar al Norte, nunca regresó. No era oriunda de los barrios a las afueras de Manhattan, adonde la diáspora exportó la pobreza, el bullicio de las barriadas a la vera de los mangles, las costumbres de pueblo chiquito o de campo. Sin embargo, la Mark-Viverito trabajó por décadas en organizaciones de base, luchando por reformas a la ley criminal, tan interesada en meter a jóvenes latinos y negros a las cárceles. Lanzó iniciativas para mejorar las condiciones de mujeres trabajadoras, representó uniones. Logró ganarse la fe del precinto #8 de East Harlem y el Bronx. En 2014, se convirtió en la primera mujer latina y la primera puertorriqueña en ser unánimemente elegida como *Speaker* en la Asamblea.

—¿Escritora?

—Asambleísta, un gusto saludarle.

—Mariposa me compartió sus señas. Voy a presentarla en el evento que se va a llevar a cabo en mi precinto.

—¿El de la Marketa?

—También la llamo para compartirle una iniciativa del Hispanic Federation. Han logrado recaudar una impresionante cantidad de dinero para ayudar a la reconstrucción de Puerto Rico. Quieren ir más allá de la caridad.

—Al fin, coño.

—Pero te tengo que pedir un favor. Ayúdanos a saber qué iniciativas son realmente de base. Va a haber fundaciones grandes que solicitarán a estos fondos.

—Esas siempre se comen a las chiquitas y no cumplen lo que prometen. El dinero que reciben se lo gastan en su operación. Lo que llega a las comunidades es poquísima cosa.

—Lo sabemos. Pero tú estuviste allí, trabajando entre escombros.

—Puedo decirte cómo se llama cada líder comunitaria de cada grupo que realmente se metió entre la gente, a ayudar.

—Cuento con eso. También pienso que tu grupo debe solicitar. Nos hemos enterado de lo que hacen, ofreciendo talleres y contenidos de arte a las comunidades.

—Deme unos días y solicito.

—Te envío nuevamente el enlace para que accedas.

—¿Me lo habían enviado antes? No me llegó.

—Nos lo imaginamos. Las conexiones de internet siguen inestables en la Isla. No hay prisa. Esto va para largo. El fondo no tiene fecha límite para solicitar. Además, quería decirte que en diciembre salgo de mi cargo en la Asamblea. Estoy pensando regresar. Muchos de los que nos fuimos estamos en esas.

—Los vamos a estar esperando.

—Envíame tu biografía para preparar tu presentación. Te esperamos en la Marketa. Allí seguimos conversando.

Los días subsiguientes, me la pasé intentando solicitar a los fondos del Hispanic Federation. Llevaba muchos meses sin cobrar. Los gastos ya se sentían. La gasolina comprada, los pasajes, esa estadía tan larga en medio del semestre en casa de mi prima. Tenía que ayudar. Éramos diez en la casa. Desde el divorcio, Hildita trabajaba administrando un centro de cuidado de niños. No era mucho lo que ganaba. La pensión para cuatro hijos adolescentes se esfumaba en el viento. El padre de Bombón había rehusado seguir ayudando económicamente a su hijo desde que entró en la universidad. En casa de Hildita había un solo carro para diez personas. Citas médicas, compra, ir a buscar a las nenas a la escuela, acercar a Bombón al campus, llevar a las nenas a sus actividades extracurriculares —banda, ensayos de baile, cumpleaños—, todo lo hacía Hildita. Y ahora, nos resguardaba a nosotros. No había manera de zafarse de este huracán. Nos azotó a todos. Los del trópico extendido en estos lares también sufrieron el embate. Había que ayudarnos a apechar.

Mientras tanto, en la Isla sin luz, mi equipo seguía visitando comunidades. Ellos también encaraban gastos de gasolina, almuerzos, más ayudar a sus familias caídas. Ya algunos habían recibido noticia de que no volvieran a sus trabajos habituales. Awilda perdió su trabajo como consejera académica. Muchas escuelas no abrirían hasta nuevo aviso, sobre todo las del centro de la Isla, en donde ella trabajaba. Neeltje perdió su trabajo como editora. Alonso era *freelance*. Trabajaba haciendo comerciales y empataba la pelea con el Festival. Ahora su industria andaba totalmente muerta. ¿Qué comerciales se iban a filmar en la Isla, entre tanto destrozo? Uno a uno, los empleos alternos de los que vivía mi equipo comenzaron a desaparecer.

Mis hijos me hicieron notar que se acercaba el fin de octubre.

—Este va a ser mi primer Halloween de verdad.

Luc andaba entusiasmado. Halloween era su festividad favorita. ¿Qué tipo de niño criaba yo, uno que hablaba más inglés que español, que celebraba los solsticios de otoño aun cuando nació en una isla que solo tiene dos temporadas, la de sequía y la de huracanes?

—Yo me voy a disfrazar de diabla.

Aidara andaba con sus tres primas para arriba y para abajo, buscando ropas rojas para su disfraz. Sus primas le habían prometido llevarla al centro comercial de Waterbury, a comprarse una falda roja y un *turtleneck* del mismo color para que completara su atuendo.

—Y cuernos rojos. Quiero verme como el fuego.

Ensayaba a maquillarse en la sala, mientras yo estudiaba el enlace de la solicitud de fondos desde la computadora que le regalé a Bombón para que fuera a la universidad. Lo del regalo de la computadora había sido el año pasado, cuando recibió la carta de aceptación. Este no hubiera podido regalarle ni un chicle. Lo del maquillaje de Aidara era sorpresa. Mi hija siempre rehusaba ponerse pantallas, peinarse, usar siquiera un poquito de brillo en los labios. Pero como acá la rodeaban sus primas, se había contagiado de cierta feminidad. Había más modelos de mujer que el de la madre.

Tuve que detenerme para hacer una llamada a la Isla. La solicitud pedía que se anejaran unos documentos a la propuesta: certificados de rentas internas, de no deuda contributiva, de incorporación. Teníamos todos esos documentos al día, guardados en el archivo de la computadora del equipo en la oficina del Colaboratorio. Necesitaba que Iris me los enviara. Me dispuse a escribirle un mensaje de texto.

Tan pronto tomé el teléfono en las manos, entró llamada del Gabo. No la quise contestar. Acto seguido, llegó un mensaje de texto.

«¿Cómo estás? Hace tiempo que no sé de ti».

«Acá en casa de mi prima en Connecticut».

«No me avisaste que te ibas».

«Fue algo de última hora».

«Te extraño».

«Coqueto».

«No, en serio, me haces falta».

«No entiendo por qué, con todas esas novias que tienes por ahí para atender, llevarles hielo, gasolina para la planta… Te estoy haciendo el favor de ser una menos».

«Tú nunca serás una menos. No sé cómo explicarlo».

Pude haber marcado. Pude haber llamado al Gabo y que me escuchara la voz. Pudimos haber sostenido una larga conversación. Sin embargo, preferí leer sus mensajes.

«Hace tiempo que le perdí la ruta al amor. No me animo a meterme en una relación. Las relaciones se acaban».

«Esta nunca empezó».

«Yo no pienso lo mismo. Negra, tú sabes que yo te quiero».

«Esto no es cariño nada más. Estamos enamorados. Al menos yo sé que estoy enamorada de ti».

«Yo también».

«¿Entonces?».

«No me animo. Ya voy por dos separaciones».

«Yo también».

«Tú has visto cómo vivo, siempre corriendo detrás del peso, cansado, más por no saber qué va a pasar a fin de mes con Dieguito, con Nash, con las peleas en corte. No me animo».

«Entonces, aprovecha esta distancia y déjame ir».

«No puedo. Vuelve pronto».

«Esto no puede seguir así. En algún momento las cosas se tienen que resolver».

«Las resoluciones toman tiempo».

«Es tan sencillo. Tan solo hay que saber qué uno quiere, en qué cree».

«Yo sé muy bien en lo que creo».

«A ver, dime, ¿en qué tú crees?».

«En sobrevivir».

Solté el teléfono. No le escribí a Iris, ni pude terminar la solicitud. Me quedé en blanco, con la mente rebotando contra un tropel de recuerdos. La leche fría, el machete, las noches estrelladas, las conversaciones con Alexia en la terraza de los huracanes, las misiones, un enorme cansancio, agitación frente a las inundaciones, dormir, dormir, dormir, el miedo de volver a casa, a esa Isla huracanada que cada vez se me hacía más trampa y cárcel, los ojos de gato del Gabo, sus pantalones de obrero manchados de barro, de cemento, de sudor, de incertidumbre, mis manos cargadas de libros, peso leve frente a ese otro peso inexorable de quien tiene muy poca opción. Ya aquel amor no era alivio para la vida siempre en fuga. Conocí a Gabo intentando volver a ser mujer de mí misma, pero la Isla se me hizo aún más precaria. ¿Y él? ¿Qué intentaba hacer Gabo cuando me conoció? Sobrevivir.

Y, sin embargo, seguía existiendo el amor. La gente se abrazaba en la calle, sudando hombro con hombro para recoger lo caído, para enterrar a los muertos, llorarlos, para llevar agua, comida, compañía por todas partes. La Isla se desbordó en la Isla fuera de cauce. Hubo amor; río subterráneo que conectaba por debajo del lodo, de aguas sin fondo, de cosas y situaciones que no se resuelven. Por encima, primaban los cristales rotos y edificios derrumbados. Oscuridad. Pero por debajo, ardía una luz que nos conectaba. No hay tecnología que la condense, combustible que la propague. Una luz innombrable ardía entre las manos cogidas, la presencia y la complicidad.

—Mamá, quisiera hablar con papá. Hace mucho tiempo que no sé nada de él. Lo extraño.

Aidara se retocaba por quinta vez el rímel en sus pestañas. Se había pintado los labios de rojo brilloso. Estaba hermosa. «Aún es niña», pensé. «Aún es una pichona y ya se ve de lo que está hecha; lo que anuncia su belleza serena, segura. Le va a ir mejor que a mí».

—Ahora mismo lo llamo.

El padre tardó en contestar.

—Ajá, Mayra. ¿La nena está bien? ¿Lucián?

Periodista investigativo al fin, el segundo exmarido siempre vivió un poco adicto a las crisis.

—Todo bien por acá. La nena quiere hablar contigo.

—Pues pónmela.

—En un minuto. Oye, ¿te llegó la luz?

—Bueno, pues sí…

Me quedé de una pieza.

—Hace una semana. Se va, vuelve, se va.

—¿Por qué no me llamaste para decírmelo? Si tienes luz, podemos regresar ya. Te puedes quedar con los nenes en lo que llega a mi casa.

—Es que estaba esperando a que se estabilizara el voltaje.

—Pero chico, nosotros andamos por acá incomodando a Hilda.

—Los otros días pasé por la McLeary, por tu vecindario. Vi una brigada de Energía Eléctrica trabajando en tu sector.

Casi le engancho.

—Espera… pónme a Aidara.

Se me puso la cara caliente.

—Te llamo más tarde. Dame unos segundos.

Rebusqué en el directorio de mi teléfono. Quería llamar a mis vecinas, las que comparten edificio conmigo. Alguno de sus teléfonos debía tener grabado en la memoria de mi celular. ¿Cuál era el apellido de la muchacha que acababa de mudarse abajo? ¿Y Lisa? Lo más conveniente era que me comunicara con Lisa.

En eso entró un mensaje de texto, era precisamente de Lisa.

«Al fin, coño. ¡Llegó la luz!».

ANTES QUE LLEGUE LA LUZ

Ramón. Lineman. Autoridad de Energía Eléctrica

Cayeron en la trampa. El gobierno mordió el anzuelo que le tendió la prensa y empezó a prometer cosas que no puede cumplir. Prometieron que sectores de la Isla tendrían electricidad antes de diciembre 15. Pero la verdad es otra. El trabajo no se acaba y avanza muy lentamente. La luz no va a llegar para esa fecha. En veintinueve años que llevo trabajando para la autoridad de Energía Eléctrica he visto muchas cosas, y lo sé. He formado parte de brigadas que han mandado a Saint Thomas a ayudar después de tormentas. He ido a Santa Cruz, a Orlando, a electrificar. Lo que pasó aquí fue demasiado. Faltan mes y medio para que lleguen las Navidades. En la Isla hay sectores que no van a tener luz para ese tiempo.

Nosotros los celadores necesitamos que les entreguen materiales a las brigadas americanas que están aquí en misión de apoyo. También necesitamos que nos provean de materiales a nosotros. No hay. A la Isla no acaban de llegar cables, generadores nuevos y postes de cemento para reponer los caídos. Hay suficiente mano de obra, pero no materiales. Cuando llegan materiales, las brigadas que vinieron de Montana o de Wisconsin ya se han ido, porque no tenían con qué trabajar. Y así estamos.

Por convenio, ellos trabajan hasta las cinco de la tarde y nosotros no podemos tocar el sector que se les ha asignado a ellos. Las brigadas nuestras no tienen hora de salida. Trabajamos hasta las diez, once de la noche, empatando y electrificando con lo que encontramos. Así que hay días largos en que tenemos que esperar a que ellos ponchen y se vayan, para entonces, energizar nosotros. Lo hacemos en contra de lo que nos dicen los supervisores. Hay tanta gente sin luz, gente con necesidad. ¿Y qué uno hace, entonces?

A mí me tienen asignado a los campos de Barrazas, Barrio Colo, San Antón, Cacao. Antes enviaban a ejércitos enteros de celadores a impactar áreas completas. Pero como la destrucción fue tanta, ahora parecemos poquitos. Envían a un convoy aquí, a unos pocos allá. El trabajo se hace eterno. La gente, sin luz, nos prepara ollones de comida, asopao, arroz con pollo, agua, nos dan de lo que no tienen para que no tengamos que salir del área a buscar qué comer y podamos seguir trabajando en reestablecer su vecindario.

Los otros días estaba en uno de esos campos, no recuerdo cuál. Una señora mayor que vivía con un hijo encamado, salió a ofrecernos café. Llevaban noventa y cuatro días sin luz. Desde Irma no veían una bombilla prendida. Nosotros nos esmeramos. Teníamos que acabar ese día de energizar el sector, así que le metimos duro hasta que trajimos la luz a todo el barrio.

Cuando la luz llegó a las casas, se escucharon gritos y alabanzas. Era una mezcla de júbilo y alivio, de al fin poder llorar, dejar de aguantar en seco el calor, los mosquitos, el tiempo muerto, la incertidumbre y la espera por lo que antes era normal. Podrían cocinar, darse un buen baño con presión de agua, prender un abanico, oír una radio, no tener que hacer largas filas para comprar gasolina para los generadores. Ese grito y esas lágrimas las sentí yo en el pecho. Se me formó un taco en la garganta.

Entonces, la señora del hijo inválido salió de la casa a abrazar a todos los celadores que trabajamos en la toma de corriente y en los generadores del sector. Me abrazó y me tomó las manos. Sentí que en ellas había depositado algo grueso. Era una paca de billetes enrollados, mucho dinero. Allí habría como quinientos pesos enrollados en billetes de a veinte.

—Esto es para ti, mijo —me dijo—, para que lo repartas entre todos ustedes por el gran favor que nos han hecho a mí y a mi hijo. Ya no podíamos más. Me estaba volviendo loca.

—Señora, usted no me tiene que pagar nada. Yo solo hice mi trabajo, lo que me toca hacer.

—No, mijo, tú repártele eso a los muchachos para que sepan que de verdad les agradecemos lo que han hecho por nosotros.

Me tomó un tiempo convencerla, pero al fin y al cabo, la señora se fue de vuelta a su casa con su paca de billetes en la mano. Yo no sé de dónde habrá sacado tanto dinero. Quizás aquellos eran ahorros de su pensión del mes, o alguna paga de esas por hacer trabajitos en la economía subterránea. Sabrá Dios. A mí me pagan más que bien. Nosotros los celadores de la Autoridad somos de los trabajadores mejor pagados en el sistema; eso lo sabe todo el mundo. Pero algunos no son como yo. Si en vez de a mí, la señora hubiera abrazado al Polilla, que desde que trabaja conmigo, lo he visto hacer de las suyas, de otra forma se hubiera acabado este cuento.

Se lo juro, escritora, si algo sé es que lo que promete el gobierno no va a poder ser. En esta Isla hay comunidades que no verán la luz hasta dentro de mucho tiempo, si es que algún día les llega.

Las muertes y las libélulas

Amaneció con un juego de luces en el cielo. Ya me había acostumbrado a despertarme para notarlo. La naturaleza andaba distinta. Yo me reconocía distinta. A fin de cuentas, empezaba a entender que era parte de una nueva naturaleza.

Por el este se percibía un tenue rojizo que se entremezclaba con los azules que nos dejó la tormenta. Las nubes encapotaban el cielo. Se disiparon aquellos primeros días de calor permanente, de vaporizo húmedo de mes y medio de duración. El vaho cedió paso a lluvias y luego a este otro estado de calor con brisa, aguaceros dispersos y espectáculos de luces mañaneras. Amanecía sobre Parque Océano. Rebotaban arcoíris rotos por todas partes. Una llovizna dibujaba rayos dorados con visos anaranjados y violetas. Era como si una caja de crayolas hubiera explotado contra el horizonte. Quizás aquellos extraños colores eran causados por el dióxido de carbono emitido por los generadores.

«Moriremos todos de cáncer», pensé, «pero en belleza».

Quizás lo peor ya había pasado. La gente regresaba lentamente a vivir con cierta «normalidad». Sin embargo, dicha normalidad insistía en mutar todos los días.

Me senté a tomar café en la terraza, como de costumbre, desde que azotó María. Había regresado a la Isla hacía dos semanas. Mis hijos dormían tranquilos, cada cual en su cuarto, con sus abanicos encendidos. Se escuchaban distantes ronroneos de generadores vecinos. Aun cuando en casa había luz, el voltaje se iba, regresaba, volvía.

Todavía permanecían sectores enteros sin energía eléctrica cerca de mi vecindario.

Como ya no confiaba en noticias de restablecimiento de energía, ni en pronósticos del tiempo, continué auscultando el cielo. Debía encontrar señales que articularan mi día. Fue destreza que aprendí durante las secuelas del huracán.

Estuve un tiempo bebiendo café y vinculándome a esas otras señales naturales. Entre dos arcoíris rotos, una luna llena mostraba su tenue cara mañanera. Miré la luna con ternura. De repente repasé los días, las semanas desde el paso de María, ahora que podía hacerlo con calma. Noté que, en todo este tiempo, no había vuelto a menstruar.

Soy una mujer madura. Quizás se acercaba el tiempo de la pérdida de los ciclos de la sangre. Pero tal vez la ausencia anunciaba otra cosa. Era imposible que la ansiedad, los días sin orden, durmiendo mal en el piso de la terraza y en perpetua vigilia, no me hubiesen trastocado. Embarazada no estaba, de seguro. El último polvo que me había regalado el destino tuvo lugar hacía ya demasiados meses, tantos como para que mi vientre no diera muestras de gestión. Mi vientre plano sentenciaba que la temporada del Gabo había concluido. Fuera de algún furtivo «Hola, ¿cómo estás?» por texto, ya no nos frecuentábamos. Se sentía bien así. Son pocos y dispersos los aguaceros que mojan a una mujer soltera, madre de dos hijos de trece y diez años; pocas y dispersas las caricias que recibe una mujer con dos divorcios encima, sin ganas de vivir con otro hombre, pero perpetuamente enamorada de quimeras. Pero el huracán me había enseñado que no necesitaba de quimeras para sobrevivir, que contaba con Alexia, con mi prima, con un sistema concreto de apoyos y de abrazos. Ya no me resultaba imperioso nutrir el doloroso vaivén entre el refugio y el escape.

Acabé de tomarme el café e hice nota mental de buscar cita con un internista luego de tomarme mis medicinas de la mañana. Recién rescataba la rutina de tragar sin falta mis suplementos —la pastilla para la tiroides, colágeno, píldora de omega 3, glucosamina—. La farmacia de la esquina acababa de reabrir con inventario, dándome la oportunidad de adquirir de nuevo mis suplementos para mantenerme «saludable». Aspiré el aire de la mañana. Olía a barrunto.

—Hoy de seguro llueve.

Acabé mi café. Procedí a entretenerme revisando los *posts* de noticias en el celular, cuestión de dejar pasar el tiempo en lo que se hacía hora para llamar a mi consultorio médico. Ya no sentía la necesidad de bajar a ver el noticiero por televisión. Me había acostumbrado a no encender el aparato para nada.

Fue entonces que me topé con el titular.

«Se estiman 4 654 muertes tras el paso de María».

La noticia explicaba cómo diversos centros de acopio de estadísticas fuera y dentro de la Isla estimaban la cifra. Recopilaron reportes de muertes directas e indirectas tras el paso del huracán y durante su larga secuela de servicios interrumpidos. La falta de luz afectó hospitales, centros prenatales, de diálisis, de quimioterapia, centros de envejecientes y de pacientes crónicos. Las muertes se dispararon. Las reportaban como muertes disasociadas del fenómeno, muertes por paro cardiaco, pulmonía o «causa natural». Pero los centros de estadísticas las consideraron de otra forma y sumaron estas cifras a los casos de suicidios. Las cifras actuales establecían 1.5 suicidios «exitosos» cada dos días. Aun cuando comenzaban a activarse programas prolongados de asistencia psicológica para atender comunidades, los suicidios seguían en ascenso.

Levanté la mirada de la pantalla del celular, pensativa. Mi visión fue interrumpida por un tropel de alas.

—¿Y esto?

Escuadrones de alas traslúcidas surcaban Parque Océano. Cientos, miles de libélulas sobrevolaban en el cielo. Solté el celular y caminé hasta la baranda de la terraza para observar mejor el portento. Pasaron diez minutos. Embelesada, no podía dejar de contemplar a las libélulas.

De repente, noté que por la acera de enfrente a casa se acercaba un cartero. Al fin veía uno. Intentar encontrar a un cartero haciendo ruta fue asunto improbable por semanas. Bajé las escaleras a toda prisa, para atajarlo. Lo alcancé cuando pasaba justo enfrente de mi casa.

—Buenos días, permiso.

—¿Cómo le ayudo, señora?

—Hace días que espero unos paquetes, pero no me ha llegado ninguna notificación para pasar a recogerlos. Por casualidad, ¿tendrá algún aviso para el apartamento #4?

—Estuve ocupado en las brigadas de rescate. Me informaron que al que cubrió mi ruta se le perdió la llave para entrar hasta los buzones, pero les dejó una nota.

—¿En serio? No la vi.

—Debe pasar por la oficina de correo. Allí de seguro le esperan un montón de paquetes.

—Ojalá sean los donativos de afuera. Muchas amigas me mandaron cosas para llevarles a familiares o para donar.

—Así están muchos. Si supieran que lo que necesitamos no llega por *express mail*. Vaya con ayuda y carro de carga. Le aseguro que son cajas grandes.

Frente al portón de mi edificio, el cartero y yo conversamos como dos buenos isleños, es decir, como si nos conociéramos de siempre. Esa costumbre caribe seguía organizando interacciones.

—Qué raro, ¿verdad? —le señalé hacia el cielo.

—Como hubo tanta las lluvias, los insectos se pusieron las botas poniendo huevos. Ya las larvas terminaron de criarse y ahora buscan dónde vivir. Todavía el monte anda pelado.

—Oiga, sí. Vi sectores quemados por los vientos cuando me fui de misiones.

—Pero la naturaleza es sabia, se renueva. Nosotros también.

—Lo que tarda en renovar son las conexiones eléctricas.

—¿Ya le llegó la luz?

—Sí, después de dos meses.

—A mí no me ha llegado desde Irma.

—Qué duro. ¿Necesita algo? Mi planta está ahí arriba, en el balcón del apartamento, sin usar.

—No se apure. En casa tenemos. Cuando se acaba la gasolina, nos entretenemos a luz de quinqués, contándonos cuentos. Mi madre vive ahora con nosotros. Ella es del campo. Nos la trajimos para la tormenta. Fíjese que precisamente anoche nos contó que en su barrio le enseñaron a no matar picaflores ni libélulas. «Esas criaturitas les enseñan el camino a las almas de los finados, para que lleguen al cielo».

—Qué lindo cuento.

El cartero me miró más fijamente, leyéndome el semblante.

—¿Usted no es la escritora?

—A sus órdenes.

—Le voy a contar a mi madre que hoy la conocí y que le conté su cuento.

La nube de libélulas se dispersó en el horizonte.

Índice